BRAZ, QUINCAS & CIA.

ANTONIO FERNANDO BORGES

Braz, Quincas & Cia.

Romance

COMPANHIA DAS LETRAS

Capa
Victor Burton

Foto da capa
Jaime Acioli

Preparação
Eliane de Abreu Santoro

Revisão
Maysa Monção
Beatriz de Freitas Moreira

Os personagens e situações desta obra são reais apenas no universo da ficção; não se referem a pessoas e fatos concretos e sobre eles não emitem opinião.

Dados Internacionais de Catalogação na Publicação (CIP)
(Câmara Brasileira do Livro, SP, Brasil)

Borges, Antonio Fernando
Braz, Quincas & Cia / Antonio Fernando Borges. — São Paulo : Companhia das Letras, 2002.

ISBN 85-359-0282-1

1. Assis, Machado de, 1839-1908 - Crítica e interpretação
2. Romance brasileiro I. Título.

02-4551 CDD-869.93

Índice para catálogo sistemático:
1. Romances : Literatura brasileira 869.93

[2002]

EDITORA SCHWARCZ LTDA.
Rua Bandeira Paulista 702 cj. 32
04532-002 — São Paulo — SP
Telefone (11) 3167-0801
Fax (11) 3167-0814
www.companhiadasletras.com.br

Para
Stela R. e Stella C.,
minha constelação

Para
Lilian

Para
Paulo Cesar de Azevedo
in memoriam

Para
Alvaro Ramos
Rubens Figueiredo
ex corde

Agradeço a Deus por não ser jovem, num mundo tão inteiramente liquidado.

Goethe

Sumário

1. BISCOITOS FINOS

De mim, indivíduo privado, nenhum país poderá tirar proveito!

Witold Gombrowicz

1.

Foi assim: a lâmpada apagou, a vista escureceu — e todos os meus sentidos, um a um, foram se desapegando de mim. Foi assim: nem o travo do medo, inconfundível quando vem à boca, nem o romantismo das cores, matizes e tons que a visão seleciona da desordem do mundo, nem o cheiro da esperança ou do cio, nem a audição incrédula, o tato insaciável... Não me ficou nenhuma dessas pequenas maravilhas, que um dia cantei em outras páginas. Restaram-me só a escuridão e o silêncio, e um grande vazio implícito num pronome tão curto — Eu — hoje em plena extinção, como os bispos hegelianos de Auden e os leques, o século XX e as canetas-tinteiro.

Foi, sem dúvida, o fim — ou, pelo menos, algo bastante parecido. Mas a idéia romântica — interminavelmente em moda — de que "o fim é a parte mais fácil, difícil é começar" talvez seja apenas ironia de algum deus menor. Chegar até ali (que estou dizendo?: chegar até *aqui*), naquele (*neste*) quarto barato de hotel, havia me custado muito: sessenta e oito anos, quatro ex-mulheres, oito livros.

Os venenos (dizem) costumam ser uma bênção quando a vida tem o sabor da derrota. Nero, por exemplo, servia-os nos festins aos amigos e irmãos — no que talvez fosse seu único requinte de piedade: o patético imperador sabia dos horrores da vida sob seus auspícios... Não quero insinuar, logo de início, que esse detalhe sombrio da História Clássica me passou pela cabeça numa hora tão sem consolo, em que — com pouco de Romeu e menos ainda de Sócrates — sorvi a dose fatal que me cabia... Deitado de costas nesta cama barata, na hora me limitei a examinar meu velho terno sem rugas, e da melhor casimira (orgulhoso uniforme, com que resisti aos modismos); senti também, é claro, o cheiro de lavanda que eu tinha começado a usar, com mais freqüência, para inibir o cheiro da morte, cada vez mais próximo; olhei também, pela última vez, para esses sapatos de cromo, impecáveis — os mesmos sinais simples de vida que voltei a ver mais tarde, ao acordar com espanto, na mesma cama barata, já então sem saber onde estava, nem a quem pertenciam o terno, o cheiro e os sapatos...

Mas não nos antecipemos, como costumam dizer os desordenados biógrafos de agora, depois de alguns deslizes e anacronismos. Por enquanto, possível leitor, registre apenas que a lâmpada apagou, e que perdi os sentidos — e que foi, ao menos temporariamente, o fim.

2.

Durante algum tempo (minutos, é bem verdade), hesitei quanto à melhor maneira de começar esta história: pelo fim ou pelo início? Não é simples questão de estilo, mas de estratégia: se vamos, afinal, descrever um monstro, é preciso antes saber onde lhe ficam os pés, e onde a cabeça... Na dúvida, e sem fugir à metáfora anatômica, preferi começar pelo próprio ventre da Besta, de onde brotou quase tudo, ou pelo menos a parte pior. Mesmo porque, pensando bem, há monstros, e histórias, sem pé nem cabeça. A minha, por exemplo: tentei morrer, sem conseguir — mas, de alguma forma, estou morto. E sobretudo cansado.

Eis-me aqui, então, completamente sozinho no mundo. Eis então, desde já, a principal diferença que vai de mim a esses espíritos buliçosos, juvenis, que hoje povoam a Terra e se imaginam sempre renascendo. São como biscoitos: sólidos dentro da lata, logo amolecem sem fibra e assustados, na luz ambiente. À falta de um renascimento, consolo-me com o que ainda me resta de polidez e estilo. Consola-me também a idéia de que pelo menos o Velho (que amava e fabricava biscoitos) não viveu para assistir a tudo isso.

Certamente, *tudo isso* ainda faria algum sucesso numa história em quadrinhos, ou num clip high-tech — enfim, num desses produtos em que a vontade de seduzir supera, e até suprime, a necessidade de pensar. A imagem, convite ao conformismo, usurpa o direito à palavra, talvez para espanto de tio Maria, que por sinal se deliciava com os biscoitos finos do Velho e, em seu tempo, jamais deu a gravuras ou mesmo a telas clássicas a atenção reverente que hoje qualquer criança dispensa a um desenho animado.

Deus o livre, leitor, do dever moral de crer no absurdo. Deus o poupe, desde já, de acreditar neste livro — que por enquanto é apenas um caderno sem pauta e sem futuro nas mãos de um homem morto, mas sobretudo cansado, que há pouco acordou cheio de espanto, neste quarto barato de hotel, preso à impossibilidade de sair, ou de voltar a viver num mundo cada vez mais parecido com seus pesadelos.

3.

Nos pesadelos em que minha infância tantas vezes ardeu, em meio a outras febres, havia monstros indizíveis, paisagens absurdas, desejos que não ousavam dizer seu nome. Mas certamente nenhum desses sonhos maus causava maior pavor — ao garoto doentio que eu era — do que a cena, assustadora e recorrente, da "síndrome da igualdade progressiva".

Era assim: em sua versão mais banal (se é que a banalidade habita os sonhos), eu me via sentado à mesa de jantar, junto com a família. Mas aqueles estranhos entre os quais me achava não eram meus parentes, nem a sala ou a mesa me eram familiares: eram como visitas desconhecidas se divertindo numa sala que se abrisse pouco. Mas não era essa a parte mais sombria: o horror começava quando afinal serviam o jantar e, à medida que davam as primeiras e gulosas garfadas (havia mais algazarra que bons modos, nesses sonhos), aqueles meus supostos parentes iam ficando absurdamente iguais entre si. Todos passavam a ter o mesmo rosto!

Não era, convenhamos, nenhum rosto especialmente monstruoso. Na verdade, demorei algum tempo (e, sobretudo, muitas noites assombradas) até perceber que o que de fato me assustava, e me fazia acordar molhado de suor — e, na fase infantil, às vezes de urina —, era aquela semelhança facial em crescendo, aquele igualitarismo opressor que transformava a variedade de expressões numa única e mesma caraça inexpressiva. Desde cedo, passei a olhar com desconfiança para todos os que apregoassem a igualdade como sinal de graça ou de justiça. Pela vida afora, em face desses "justiceiros", lembrava-me sempre da minha assombrosa "síndrome" e sua "igualdade progressiva".

Certamente, um nome assim tão pomposo não brotou da idéia de um guri assustado, em nenhuma daquelas manhãs em que despertava encharcado de suor, sem entender ainda como a matéria de um sonho podia parecer tão real. Não: ele surgiu muito mais tarde, junto com a Literatura, a necessidade das mulheres e a humilhação de ter que morrer um dia. Não tive a chamada "infância feliz", mas era (pelo menos) tolo o bastante para sonhar em viver para sempre. Agora que já estou morto, e sobretudo cansado, talvez tenha mais tempo de aceitar que vida e felicidade não sejam palavras de fácil combinação. Prefere-se hoje a rima óbvia "felicidade/igualdade", disponível em qualquer soneto de esquina.

Mas seria exagero dizer que, por conta dessa desconfiança, mostrei-me sempre arredio ao consenso humano e às multidões. Fui, inevitavelmente, jovem como qualquer um. E, quanto mais juvenil, mais horrivelmente gregário e coletivo é o ser humano. Este (sem que ele saiba) é seu erro fatal: em grupo, os jovens logo se tornam biscoitos moles, sem medula, que trocam a solidez da lata pela boca faminta das massas de rosto único — como se o pesadelo pudesse haver saltado da noite para o dia-a-dia.

Talvez pareça absurdo, mas posso arriscar: se não estou definitivamente sonhando (e o que é o sonho prolongado, se não a loucura?), meus piores pesadelos se materializaram em plena luz. Na dúvida, tomei a dose letal que me cabia, e afinal morri. Ou melhor: dormi. Mais nada. Quando dei por mim, estava de novo (quer dizer: estou *ainda*) naquela (ai de mim: *nesta*) cama barata de hotel, preso à impossibilidade de me levantar e sair. Não demorei a perceber que não estava pronto para continuar a viver, mas me sentia a ponto de escrever um livro — o que é sempre a última alternativa para quem já não pode estar vivo.

Algum observador apressado por certo perguntará: apesar do fracasso, tudo isso não acabou funcionando como uma forma de "morrer dormindo", como você tanto queria em criança?! Leitor sarcástico: ao menos por enquanto, deixemos de lado o dr. Freud e sua definição da felicidade como realização de um desejo infantil...

4.

Há homens (conheço mais de um caso) que acordam debruçados sobre um piano alheio, em bares de má fama, sem saber como chegaram até ali — e sem saber como tirar daquelas teclas algo além de escalas e desafinos à Alban Berg. Sei de outros que acordam no chão de uma sórdida rodoviária de província, sem dinheiro para o café ou a passagem. E o que dizer daqueles que despertam em meio a algum sinistro aparato cirúrgico que conspira, com pouco anestésico, contra sua anatomia? Sei enfim de certo indivíduo que mais de uma vez dormiu abraçado a um cão raivoso, que no fim das contas nem lhe pertencia. Coisas da vida: nem todos podem, como a Bela da fábula infantil, voltar do sono entre beijos de um príncipe. Mas nada disso se compara à estranha sensação de despertar num quarto barato, pequeno e impessoal, com a cabeça vazia de lembranças, olhando para o teto com uma indiferença semelhante à que empregaria em vasculhar o infinito.

No início, tudo costuma ser rápido, como nas corridas —

e também estudado e ferino, como no amor. Bastaram por isso a lentidão dos gestos, a atmosfera pesada, o ambiente às escuras e sobretudo a falta de precisão nas idéias (pior: a ausência de *qualquer* idéia) para me convencer de que aquilo não era um jogo. Não havia aplausos nem pódio, nem troféu nem batatas — e eu mesmo não era, propriamente, um vencedor. Em volta de mim, havia (e *há*, ainda) apenas o ambiente acanhado do hotel e, sobre a cama barata, um homem velho e sozinho, com terno e sapatos impecáveis, preso à impossibilidade de sair.

Mas perder a memória e os sentidos não foi a experiência de horror a que me refiro. Pelo contrário: isso acabou sendo, na verdade, minha única impressão de Paraíso. Nem sei ao certo o quanto isso durou (minutos? horas?), mas não demorei a reconhecer algo que, àquela altura, já tinha se tornado tão familiar: minha vida. Em pouco tempo, o homem velho e seu terno de casimira antiquada me eram outra vez tragicamente íntimos. Agora, já é de novo das imediações do Inferno que escrevo estas linhas, neste caderno sem pauta e talvez sem leitores, como quem improvisa às pressas o inventário de uma fábrica prestes a falir.

De finanças, por sinal, entendo menos ainda do que o Velho. Mas posso arriscar que minha falência sem concordata começou em casa, em minha biblioteca, numa fresca e insuspeita manhã de junho. Era dia 21, um dia tão propício ao Mal quanto qualquer outro. Talvez por isso Ele tenha entrado assim, tão diretamente à vontade, encarnado na figura do diabólico dr. Faustino Xavier. Era o começo de tudo — quer dizer: o meu fim.

5.

"Faustino Xavier, às suas ordens!", foi como o estranho visitante se apresentou desde logo, ao invadir o monastério de sossego e livros que construí para mim no bairro do F***, à custa dos modestos rendimentos de oito romances e exagerados anos de funcionalismo exemplar. Conduzido pela eficiente mas nem sempre conveniente d. Guiomar, Faustino me estendeu a mão fina e bem tratada e, sem vestígio de cerimônia, instalou todos os seus quilos e anos na minha poltrona favorita, da qual eu tinha acabado de me levantar para procurar nas estantes um volume qualquer. Do que eu me ocupava naqueles dias, não sei: agora já pouco importa. Lembro-me apenas de que buscava distração ou consolo (e haverá afinal diferença?) para a dor da ausência de Maria Inês, minha última esposa. Tentava, em vão, distrair-me de meus males e, por extensão, dos males do Universo pelo caminho sábio da leitura: achava na época (acho ainda?) que o convívio com problemas intelectuais poderia cumprir o papel de bálsamo para meus males concretos. Mas a verdade é que, desde a triunfal entrada em cena de Faustino Xavier, *problemas* nunca mais me faltaram...

Sempre fui uma pessoa metódica. Senhor de meus hábitos e manias, havia anos dedicava à leitura minhas manhãs solitárias (àquela altura, mais solitárias ainda, com a fuga de Maria Inês). Pode então imaginar, persistente leitor, que a quebra da rotina era para mim um fato grave e irritante. Receber um estranho, àquela hora, em meu recanto particular, era um transtorno sem fim — e, isso, em plena era da telefonia móvel, pode ser considerado uma indelicadeza. Disso sabia a pobre d. Guiomar — que da porta da biblioteca me olhava com constrangido desespero, como se dissesse: "Não pude impedir!".

E estava certa, a coitada! Era difícil se interpor entre Faustino Xavier e sua determinação diabólica. Mas isso eu só pude verificar muito depois — tarde demais, como sempre acontece na literatura iniciática dos povos antigos, na seqüência em que o herói se transfigura em vítima potencial e percebe que só poderá escapar às teias do vilão aceitando algum tipo de desafio ou missão. Que bom seria, a esta altura, poder escrever um livro assim. Mas o fato é que os tempos andam bem pouco heróicos, e o que o vilão da hora me oferecia era uma simples (estranha, mas simples) encomenda:

"Uma encomenda?! E logo a mim?!", perguntei espantado, depois de ouvi-lo fazer os elogios de rotina ao meu último romance (que a crítica aplaudiu, embora pedindo desculpas ao público) e à minha coleção de livros raros, que ele ia folheando sem inibição, enquanto desfiava sua ladainha e exercitava, pecaminoso, a cobiça e a inveja.

"Sabemos que o senhor é um homem de caráter e um escritor de talento", prosseguiu o intruso, "e temos notícia de que sua obra sempre foi fiel às regras da qualidade, não às leis do mercado ou do número. Mas não se preocupe: não se trata desse tipo de *encomenda*..."

E, enquanto sublinhava a última palavra, sacou do bolso de seu impecável sobretudo um pequeno volume que me estendeu com um gesto preciso e estudado. Encadernado em bom couro e ainda com alguns vestígios de letras douradas que sugeriam antiguidade, o livro me chamou a atenção pela refinada aparência. Mas à curiosidade de bibliófilo amador logo se somou o espanto intelectual, quando li na folha de rosto que o autor (um certo J. Deus & Silva) tinha feito imprimir, em 1891, suas elucubrações negligentemente filosóficas com o nome de *Os perigos do individualismo: um tratado*, destinando-as, desde o subtítulo, "ao uso da nossa mocidade".

Na hora, vi que não poderia atribuir ao conteúdo do texto as mesmas virtudes da encadernação elegante. Há livros, afinal, cuja aparência suntuosa apenas disfarça verdadeiras elegias à mediocridade. Mas o que me espantou de fato naquele breve volume foi o recado que, pelas mãos de um estranho, o mundo lá fora me enviava — e que não soava como um recado lisonjeiro, mas como recriminação e ameaça. Mesmo sem abusar do direito à livre associação (quer dizer: à paranóia), confesso que me vi tentado a interpretar assim aquela mensagem ("Os perigos do individualismo") enviada justamente a um homem com fama de recluso e anti-social! "Tudo se informa, tudo se comunica: tudo, no coração, é carta", disse um dia o poeta modernista — e, que eu saiba, até hoje nem o mundo nem os Correios & Telégrafos se empenharam o suficiente em desmenti-lo.

6.

Perdia-me assim nesses devaneios, durante alguns doces minutos, naquela manhã de junho — eu o perigoso!, eu o individualista! —, quando o sempre pragmático dr. Faustino Xavier me resgatou de volta ao mundo real, ou pior: à sua incômoda presença. Lá estava ele, em minha melhor poltrona, examinando a distância, mas de forma ostensiva, o exemplar que no fundo mais lhe parecia interessar naquele momento: eu. Não desviou o olhar quando levantei os olhos do livro para encará-lo. Muito pelo contrário, aguardava-me, como um caçador experimentado anseia pelo instante do bote:

"Por sua reação, vemos que o senhor não conhece o livro — e, sinceramente (por favor, não se ofenda), não esperávamos diferente", foi logo dizendo, sem me dar chance de interrompê-lo. "A obra foi publicada no exterior, há mais de um século, e logo em seguida foi proibida de circular por aqui, graças ao egoísmo republicano. Nenhum de nossos antepassados pôde fazer nada por ela, pelo menos até agora. Mas, afinal, o senhor sabe: nunca é tarde!"

Falava de maneira decidida mas enigmática, num preâmbulo interminável. E, se hoje suponho (tarde demais, como sempre) que aquela talvez fosse uma postura estudada, sou obrigado a confessar que não me despertou suspeitas suficientes. Na hora, só estranhei o excessivo plural majestático, tão comum a essas irritantes coletividades de um homem só. Fora isso, meu desconforto corria por conta da antipatia, desde o início recíproca, e que atribuí apenas à quebra da rotina, à minha incurável tristeza e — por que não? — à influência da idade. Éramos dois velhos vaidosos, e a idade nem sempre ajuda nas aproximações. Os homens, ao contrário dos bons conhaques, quase nunca envelhecem sem azedar.

Tudo isso, é claro, só viria a me ocorrer inutilmente mais tarde. Na hora, o desconforto da cena me constrangia até o silêncio — que, mais uma vez, coube a Faustino Xavier quebrar.

"O que desejamos do senhor?", antecipou-se o homem, sempre cínico e plural. "Simples, meu caro: sua fama de erudito já ultrapassou as paredes deste claustro. Não conhecemos ninguém tão capacitado para avaliar a autenticidade deste livro. Já deve ter concluído que pretendemos reeditá-lo..."

E prosseguia, fazendo de meu espanto e minha mudez sua exclusiva platéia:

"Aparentemente, não haveria empecilhos de natureza autoral. Pelas datas, é fácil deduzir que J. Deus & Silva já não nos faz companhia neste mundo, e até onde sabemos não deixou herdeiros. Mas..."

("*Mas*! Sempre um *mas*!", repetia Maria Inês, em nossas brigas.)

"... Mas ocorre que a edição pertence a uma época em que as falsificações eram um vaidoso costume. Naqueles dias, saber falsificar um livro era uma espécie de arte que quase igualava o falsário ao autor do original. Eis o que pretendemos do senhor: que investigue para nós as chances de autenticidade deste livro."

E ainda o brandiu no ar, longamente, antes de arrematar:

"Basta nos dizer suas condições. Temos urgência, é claro, mas pagamos bem!"

Pronunciou então uma cifra espantosa, inesquecível, mas que não transcreverei aqui. Prefiro poupá-lo, leitor, da tentação de concluir que o dinheiro foi a razão inicial de meu inferno sem fim. Além disso, descrever a cena em detalhes só tornaria mais longo este capítulo, que pede para ser encerrado.

7.

Qualquer leitor habituado às boas páginas (melhores, em tudo, do que estas) já deve ter percebido a fragilidade lógica da cena anterior — quem sabe até tolerável num romancista estreante, mas absurda e indefensável em alguém com meu prestígio, minha obra e, sobretudo, com tantas rugas e cabelos brancos. Jamais cortejei leitores, mas de bom grado faria isso agora, interrompendo a narrativa para admitir que todas essas palavras não passam de má literatura, ensaio de romance de um velho, solitário e morto, em crise de afeto e de criatividade. Mas as trevas, que chegaram para ficar, como o barulho ensurdecedor das festas da vizinhança, parecem sitiar minha cabeça, para me convencerem de que agora é tarde para mentir — e que, se todos à minha volta se iludem, a mim já não caberá outra chance.

À verdade, então — que remédio? Antes de se retirar, Faustino Xavier me entregou seu cartão, em ridículo alfabeto gótico, concedendo-me um prazo de apenas três dias para pensar. Por sua autoconfiança irritante, percebi que minha recusa não estava em seus planos — detalhe confirmado pelo "esquecimento" (proposital) do livro sobre a mesinha de mogno da sala de visitas, e ao qual só me referirei mais adiante.

"Lembre-se: o senhor é o melhor!", deixou no ar, antes de sair — e seu elogio tinha um travo sutil de ameaça. "Não nos decepcione..."

E, como uma aparição digna do romantismo prussiano que gerou tantas páginas de horror e mau gosto, meu estranho visitante saiu apressado, sem me dar tempo de pedir à atônita d. Guiomar que o levasse até a porta. Permaneci mudo e de pé, no meio de meu santuário vagamente profanado, olhando aquele cartão de visitas e lamentando que Maria Inês, ladra de minha paz e de algum dinheiro, também tivesse levado, na fuga, um bocado de meu discernimento.

8.

Tio Maria adorava os biscoitos finos que o irmão caçula fazia chegar até ele na Academia — principalmente quando não era dia de sessão e ele tinha tempo de devorar, sozinho, aquela manifestação gastronômica dos talentos e afetos fraternos. Foi essa, no fim das contas, a maneira que o rapaz (precocemente cognominado O Velho) encontrou de participar da glória do irmão, sem precisar passar pelo desgaste de ser comparado a ele em termos literários. Nesse terreno minado, por sinal, o Velho obteve apenas a má fama e a desgraça, o apogeu e o fim.

Seus biscoitos, em compensação, sempre foram imbatíveis. Era com orgulho que o Velho comentava a preferência do irmão mais famoso pelo "biscoito fino que fabrico". Um abismo de mais de três décadas se abria entre os dois, intransponível. E havia também, pior do que as diferenças, uma enorme semelhança de temperamentos melancólicos, que contribuía para mais e mais afastá-los. Filhos da pobreza honrada e da ambição honesta, cada um era frustrado e triste a seu modo — de uma tristeza e uma frustração que, salvo engano ou exagero, nenhuma glória alcançada parecia capaz de apagar.

Tio Maria sonhava com um Ministério que nunca lhe foi oferecido, como reconhecimento natural pela carreira pública exemplar. Sua indiferença à política parece ter sido a causa principal dessa injustiça jamais reparada: num ambiente dividido entre liberais e monarquistas, republicanos e ingratos, sua franqueza incorrupta não era um passaporte suficientemente confiável. Quando morreu, tinha o espírito adornado por todas as insígnias literárias de seu tempo, mas era como se preferisse ostentar a ferida incurável de haver sido preterido.

Quanto ao Velho, sempre se soube que punha na arte de assar e cozer suas guloseimas amanteigadas uma sensibilidade que havia lhe faltado nas lides intelectuais. Sabe-se também que suas tentativas, no terreno pantanoso das letras, terminaram em escândalo. Aos vinte e cinco anos, publicou um volume tímido de contos, que poderia simplesmente ter passado em branco, à sombra do sucesso do romance que o irmão lançava, na época. Mas, graças à ironia do acaso, e à crueldade específica de dois críticos de maus bofes, suas histórias foram submetidas a uma investigação minuciosa, da qual emergiram diretamente para o escárnio público, em letras de imprensa, acusadas de serem plágio aberto da verve genial de seu parente mais famoso.

Um certo padre Severiano Resende, por exemplo, urdiu contra o livro do Velho frases como "prototipia emasculada e inerte do corriqueiro, em poligamia branca com todas as realidades imbecis e inexpressivas da vida" — de gosto e entendimento duvidosos, mas de inconfundível vocação para a ofensa. Outros mais famosos, como Silvio Romero, acusaram-no de ser um "homenzinho sem crenças", um "lamuriento burilador de frases banais". Houve também, como imponderável compensação, quem considerasse suas páginas apenas "frívolas e inofensivas". Desde então, o Velho preferiu se dedicar exclusivamente à fabricação dos biscoitos, que do artesanato passaram aos poucos à indústria e, após um breve sucesso, passaram da indústria à falência.

Na crônica pouco precisa da família, alguns pontos permaneceram longamente nebulosos. O silêncio de tio Maria, por exemplo, que jamais usou de seu prestígio ou influência para defender o irmão das acusações; e, da parte do Velho, a existência, durante muito tempo contestada, de um segundo livro — um manuscrito que, se fosse revelado, faria "o mundo e a literatura tremerem".

(Certamente, um inventário de frustrações na vida de ambos incluiria também emoções não correspondidas, amores menos vividos do que sonhados, e olhares que nunca foram além da indiferença e do desprezo. Mas, no campo minado das paixões, parece não ter ocorrido nada que se comparasse ao terremoto chamado Maria Inês.)

9.

Talvez fosse melhor, para glória deste possível livro — e a saúde mental de seu autor —, que o leitor ficasse sem saber quem foi Maria Inês. Teríamos no final um texto mais enxuto e elegante, e também leitores menos descrentes no gênero humano, ao qual até prova em contrário as mulheres também pertencem. Assim, por mais que a história viesse a se perder em digressões literárias e cenas de aventura, estaríamos todos poupados (leitores e autor) dos desgastes produzidos pelas artimanhas amorosas.

Seria exagero dizer que devo este livro a Maria Inês. Mas, sem mencioná-la, ficariam sem explicação alguns aspectos básicos da história: as dificuldades financeiras (saldo negativo da paixão), minha enxaqueca incurável — e, principalmente, o desamparo a que me vi reduzido, a ponto de me envolver com Faustino Xavier, e todo o resto.

Conheci Maria Inês há cerca de oito anos, numa noite de autógrafos, onde minha presença era, por si só, o primeiro de uma longa série de equívocos. Se existe algo que eu deteste mais do que os livros de S***, só mesmo as festas em que tais nulidades são postas em circulação. A frivolidade desse tipo de cerimônia é um desrespeito ao ritual secreto e silencioso de escrever. Apesar disso, arrastado por um amigo, e preso a uma promessa feita a meu editor, lá estava eu testemunhando a estréia oficial do novo romance de S*** — que além de escrever mal cometia a vulgaridade de vender milhares de exemplares.

Era uma noite de agosto, em que a indefinição dos trópicos e o decote das mulheres conspiravam contra a idéia de inverno. A livraria estava lotada — o que, em se tratando de S***, dizia muito a respeito da cidade e da época. Eu era o quinto ocupante de uma fila que se arrastava. Maria Inês estava bem mais atrás — mas, numa manobra de que só mulheres como ela são capazes, em menos de dez minutos estava postada atrás de mim, e sussurrava em meu ouvido:

"Você é um homem de sorte!", e a voz era discreta, mas impositiva e envolvente. "Sua presença aqui já o libera da obrigação de ler o livro!"

Era um comentário espirituoso, sem dúvida — mas absolutamente inconveniente, sobretudo da parte de uma estranha. Que saberia ela, afinal, sobre meus gostos e hábitos de leitura? Não demorei muito a descobrir que, para Maria Inês, a privacidade era apenas uma barreira inconveniente que ela driblava sempre com uma habilidade e um empenho compulsivos, em seu duelo diário com o mundo. Voltei-me com curiosidade e prudência na direção daquela voz sedutora, sem desconfiar de que minha vida nunca mais seria a mesma.

Nem pude fazer a pergunta, no fim das contas óbvia e, desde então, definitivamente arquivada. Mais uma vez, a intrépida Maria Inês se antecipava:

"Sei o que está pensando. Mas eu não posso fazer o mesmo: estou condenada a ler *todos* os livros de S***!"

E, após sublinhar o adjetivo com um sorriso de cumplicidade, explicou que era divulgadora, contratada pelo editor de S*** para acompanhar a promoção de sua obra no mercado hispano-americano, onde aliás já imperavam excessos como *alfajores* e boleros. Maria Inês era bela, morena e irresistível. Pior: sua sinceridade estudada sabia como agir para ir me envolvendo, mais e mais. E não exclusivamente a mim, é claro, mas a qualquer homem aclimatado à solidão e ao isolamento, como por acaso eu era.

Chamava a atenção em Maria Inês seu jeito de não usar roupas muito datadas, nem adereços ou expressões verbais que acaso estivessem em voga. Era seu método — sutil, e sobretudo infalível — de nunca parecer ultrapassada. Para um homem como eu, desencantado com as possibilidades do universo feminino (tinha acabado de sair do terceiro casamento), aquela presença morena, sensual e elegante significou muito mais do que um bálsamo: foi uma armadilha irrecusável. Não tenho pudor de concluir: cumpridas as obrigações ritualísticas daquele coquetel, saímos juntos da livraria, menos de uma hora depois — eu, disposto a desperdiçar preciosos momentos de reflexão e sossego em troca de acompanhá-la até sua casa; ela, como boa feiticeira, certamente calculando o que faria comigo a seguir, sua presa tão fácil.

Mas não seria justo passar a impressão de que esse encontro (com suas nefastas conseqüências) resumiria toda a extravagância da noite. Houve também o episódio do vinho branco, e se faço questão de incluí-lo é simplesmente porque, a esta altura (agora que estou morto, e sobretudo cansado), já não posso separá-lo de Maria Inês, de Faustino Xavier, J. Deus & Silva, nem de todo o resto.

10.

Duas coisas inspiram pouca confiança nas noites de autógrafos: os elogios ao autor e a bebida servida aos convidados. Se no caso de S*** a falsidade era inerente aos aplausos, não demorei muito a perceber que os organizadores capricharam na coerência: o vinho branco estava à altura do livro lançado, que era apenas mais uma variação em torno do mau gosto, vocação sincera e verdadeira de S***. Mas, justiça se faça: pelo menos o vinho estava na temperatura adequada, e a cargo de três esmerados garçons, desconhecedores felizes dos efeitos nefastos da má literatura.

Era, ainda assim, um vinho ácido, rascante, para paladares menos exigentes e estômagos pouco sensíveis. Não sei em qual dessas categorias me incluir, mas servi-me sem culpa de duas taças. Melhor a cirrose do que o tédio, muitos já disseram. Estava justamente apanhando a terceira dose na bandeja, depois de oferecer a Maria Inês, quando uma altiva senhora se aproximou do garçom. Condicionado aos detalhes da etiqueta, imediatamente estendi o copo à desconhecida, que sorriu sem agradecer. Parecia sedenta, ou no mínimo disposta a sofrer, pois antes mesmo que o garçom se afastasse levou a bebida à boca e sorveu um gole generoso, enquanto a outra mão segurava o livro recém-autografado, como uma jóia preciosa.

Aquela devia ser sua primeira dose, pois parecia não saber o que a aguardava. Mas logo descobriu, e reagiu com uma careta de repulsa, quase cuspindo o que ainda havia na boca. Não chegou a fazer isso, é claro: tratou de engolir com sacrifício e educação, e até parecia inclusive disposta a contornar o incidente com elegância. No entanto, fez bem pior: quando me aproximei para socorrê-la, a aparentemente sensata senhora me recebeu com uma expressão de rancor, acompanhada de palavras ainda mais descabidas. O tom de voz não era dos mais altos, mas o conteúdo me causou (e causa ainda, ao relembrar) medo, horror e espanto:

"Meu Deus! O senhor já provou deste vinho?"

"Perdão, senhora. Está falando comigo?"

Como o absurdo costuma se repetir, ela fez de novo a pergunta:

"O vinho que me ofereceu: por acaso o senhor já provou?"

Àquela altura, já havia bebido duas taças — por que iria mentir? Mas a reação da desconhecida superou o horror e o imprevisível:

"Então, como tem coragem de oferecê-lo a mim, impunemente?!"

O diálogo que travamos eu não teria coragem de incluir em nenhum dos oito livros com que, ao longo dos anos, procurei fazer frente aos caprichos da vocação nacional para o naturalismo. A cena a seguir é transcrição de algo real, embora mais terrível do que meus pesadelos:

"Como o senhor tem coragem de me servir um vinho desses?!", repetiu várias vezes a implacável mulher, dando a sinistra impressão de que o tempo havia congelado.

"*Sorry*", arrisquei em inglês, para o caso de precisar ganhar tempo: "Se não sou o dono da livraria e, menos ainda, o responsável pelo livro que está sendo lançado, como pode a senhora..."

Interrompeu-me, com a pressa daqueles que julgam terem a razão a seu lado:

"Todos aqui são adultos e vieram de livre e espontânea vontade", ela prosseguia, para horror de meus ouvidos fatigados. "Como algum de nós poderia, então, querer se isentar de responsabilidade por qualquer dos detalhes do evento?!"

Xenófrates, o cético de Atenas, dizia que um grão de areia deslocado da ordem implacável do mundo seria suficiente para nos mergulhar no caos. Exageros helênicos à parte, o fato é que tive a estranha sensação do desastre à nossa espreita, vinda do fundo daquela noite fútil.

"Prezada senhora", ainda arrisquei, "imagino que cada indivíduo..."

"Ora, o indivíduo!" — e seu tom era de escárnio evidente. "O indivíduo é uma ilusão! A culpa pela má qualidade deste vinho é de todos! Então, é *sua* também!" E atirou o restante do conteúdo do copo contra mim, enquanto se afastava.

Mais tarde, no táxi, depois de deixar Maria Inês em casa, senti o cheiro forte da bebida na manga do paletó ainda úmida. Tive, então, a oportunidade de concluir que as mágoas mais profundas também são como vinho branco na roupa: quase invisíveis, mas deixam um rastro desagradável no ar.

11.

Um incidente igualmente assustador tinha me ocorrido três semanas antes — mas só lhe atribuí gravidade tempos depois, comparando-o ao episódio do vinho, enquanto fazia força para afastar a imagem de Maria Inês, que me atraía como uma lua crescente. (De nada me adiantariam todas as tentativas de eclipse, como viriam a demonstrar nosso casamento, e sobretudo o fato de estar aqui, desencantado, escrevendo — e morto.)

Tinha sido na antiga Confeitaria C***, que eu freqüentava menos por hábito do que por nostalgia: junto com seu incomparável cappuccino, eu quase podia mastigar, de tão presente, as sombras finais de um mundo cada vez mais fugidio e fora de moda, como os objetos de folha-de-flandres e os biscoitos amanteigados do Velho — dos quais, àquela altura, eu já pouco me recordava. Cada mordida no waffle congelado dos novos tempos, e requentado certamente num forno de microondas, era para mim a prova intragável de que o progresso humano era uma enorme mentira, que estavam me obrigando a engolir.

Na tarde do incidente, porém, tudo pareceu estar ainda pior.

A confeitaria, tão calma àquela hora, viu-se brutalmente invadida por seis ou sete jovens de roupas e hábitos que pretendiam desafiar os princípios mais elementares da higiene, do equilíbrio e da civilização. Não posso dar certeza da idade que tinham, mas sei que eram moços o suficiente para não suportarem qualquer hipótese de solidão. Vários jovens juntos, por sinal, nunca formam propriamente um grupo, mas um indescritível monstro coletivo, que atende sempre pelo mesmo nome: Legião. Lembravam, definitivamente, os biscoitos artesanais do Velho: sólidos dentro do recipiente que os comprimia, logo amoleciam, sem fibra, na luz ambiente.

Sentaram-se com estardalhaço à mesa ao lado da minha. Levou algum tempo até que reparassem em mim — mas, quando me descobriram, partiram para o saque àquela terra ignota e desprezível: eu. Não promoveram um ataque direto, como bárbaros. Guerreiros modernos, estudaram-me a distância — e, por certo desprovidos de talento para qualquer iniciativa, limitaram-se a gracejos e piadas. Por intermédio do Pessanha, o mais antigo garçom da casa, tive de pedir à ruidosa horda que mantivesse os padrões de civilização, que eram uma das tradições na casa.

A retaliação não demorou — e coube também ao infeliz Pessanha servir de constrangido arauto contra mim. Foi justamente assim — infeliz e constrangido — que ele me transmitiu o recado de que aquela triste malta (que se avizinhava perigosamente de mim) também estava incomodada com minha presença pacata e "civilizada"! E que, estando eles em maior número, tinham matematicamente mais direitos do que eu para impor seu ritmo ao velho salão de chá.

Por certo, não foi assim que o velho Pessanha se expressou — nem saberia, o inocente. Disse apenas que "eles também não gostavam" de minha presença ali. Traduzido na moeda corrente da sensatez, aquilo era ridículo, capaz de despertar, no máximo, um sorriso amargo de piedade. Mas, como o ridículo não conhece limites, e o câmbio moral sempre nos reserva suas surpresas, a situação logo assumiria proporções desastrosas: o gerente (um janota de meia-idade, que eu ainda não tinha visto) veio até minha mesa. E, ao contrário de Pessanha, não parecia nem um pouco constrangido em me informar: pelas novas normas de etiqueta, era eu quem deveria efetivamente... me retirar!

Ainda despendi algum esforço tentando achar graça naquela inesperada comédia. Em vão: todo o humor se desfez quando notei que, a um sinal de seu chefe, dois enormes seguranças já caminhavam na minha direção — quem sabe, dispostos a tudo.

Era demais! Recolhi o que ainda restava da dignidade ultrajada e me preparei para sair. O velho Pessanha me acompanhou até a porta:

"Bem... você entende, Borges: a casa tem lá seus motivos para agir assim."

"Entendo: a isso se chama 'interesse comercial'..."

"Pior", ele completou com suave expressão de horror, de quem sabia que seu tempo (*nosso* tempo...) estava se esgotando: "Isso se chama... democracia!".

Mais do que um Adão expulso do último Paraíso, saí da antiga confeitaria sentindo-me um guerreiro traiçoeiramente derrotado por um inimigo vulgar, que se comprazia em ironizar meus modos honestos de luta. E, talvez para não ter de pensar no futuro, refugiei-me em certa manhã da infância (eu tinha nove ou dez anos) em que perguntei a meu pai se Democracia queria dizer "governo do Demo".

12.

(Quando, algumas semanas depois, conheci Maria Inês, no lançamento de S***, e aos poucos entrei em contato com seus jovens e aterradores amigos, comparei os dois grupos e constatei, assustado, que eram segmentos do mesmo grande exército bestial que em breve me faria sucumbir — não sob o peso da verdade, mas a "golpes de maioria", como tão bem teria dito um contemporâneo de tio Maria, que escrevia bem e era freguês assíduo dos biscoitos românticos do Velho.)

13.

Os muito românticos garantem que o amor, ao contrário da literatura, é acessível a todos os mortais e, diferentemente do que aconteceria na ficção, seu drama é marcado pela ausência de alegorias e até por uma boa dose de espontaneidade.

É uma hipótese democrática e atraente, mas lamento não poder subscrevê-la: de mim, as lides amorosas sempre exigiram um esforço superior ao da redação de meus livros, e em geral sem darem margem a maiores aprofundamentos. Até encontrar Maria Inês, eu já ruminava a desconfiança de que a capacidade de amar é um talento mais raro do que a veia poética ou o gênio musical. Quando afinal se tornou minha quarta mulher, a bela me confirmou tristemente as suspeitas. Também era, como eu, desprovida desse dom sagrado.

Não vou cansar o leitor com detalhes repetitivos e inúteis: ponhamos apenas que liguei para Maria Inês na semana seguinte à da noite de autógrafos, convidando-a para sair — e, desse primeiro encontro ao casamento, transcorreram apenas seis meses. A pressa é, sem dúvida, uma das formas da desilusão.

Nosso casamento durou sete anos e dois livros — não por acaso, minhas obras menos inspiradas. Aqueles que valorizam irresponsavelmente as "diferenças", como um tempero indispensável às relações amorosas, talvez não tenham conhecido casais como nós, efetivamente desiguais. Enquanto eu ia mergulhando na lenta sabedoria da velhice, Maria Inês cumpria à risca as exigências dos tempos que correm: rejuvenescia a qualquer preço, num esforço permanente de complacência e lisonja. Deixou-me, meses atrás, em troca de um homem vinte anos mais moço do que eu, depois de haver me traído com toda a enorme legião de seus jovens amigos.

Sei que me refiro a ela com indícios antagônicos de amor e de ódio — o que pode me tornar vagamente suspeito de hipocrisia ou loucura. Mas o fato é que, alternadas (como antes) ou simultâneas (como agora), somente essas duas emoções conseguem descrever nosso encontro e nosso casamento — e, talvez, possam até justificá-los. Foi, no saldo, uma vivência intensa. Naturalmente por ter sido a última; naturalmente — também — por ter sido minha.

Pensando bem, talvez devesse suprimir este capítulo.

14.

Pensando melhor: não foram assim tão inúteis essas digressões sobre Maria Inês. Ao menos, serviram para substituir a descrição da estéril ansiedade que marcou os três dias do prazo estabelecido pelo assombroso Faustino Xavier, em seu tom vagamente ameaçador.

Fazer ou não fazer? Aceitar ou recusar? Dizer *não*, dizer *sim*? Eis um dilema que sempre iguala mendigos e reis — e fazia de mim alguém perdido num ponto qualquer, entre esses dois extremos. Lembrando agora, a uma distância que torna tudo ridículo, meu espírito daqueles dias se dividia em porções iguais: vontade de que tudo tivesse sido apenas um sonho, um mal-entendido; mas também o desespero de querer me apegar àquela tarefa, oferecida por um estranho, para enfim me curar... mas de quê? Daquilo que eu julgava ser o meu mal, sem desconfiar que o pior ainda me aguardava.

A vida pode ser breve, mas os dias de expectativa são irrevogavelmente compridos. Quem já desfrutou desses instantes parecidos com a eternidade sabe, ao infinito, o que três dias podem representar. Três dias! Sem nenhuma decisão firmada no espírito, já me preparava para um ritual de silêncio e evasivas, quando chegasse a hora de atender ao telefonema daquele pedante.

Então aconteceu o pequeno milagre — ou melhor, teve início o incalculável mistério. Esgotado o prazo combinado, Faustino Xavier não ligou. Foi uma estranha sensação de alívio, dessas que antecedem (e *nunca* sucedem) as grandes tragédias. Tampouco ligou no dia seguinte, nem nos outros, que iam se repetindo com a precisão burocrática de um conta-gotas. Minha vida, aos poucos, ameaçava reassumir seu ritmo de antes — o que não chegava a representar um consolo, em se tratando de uma rotina sem companhia, nem qualquer esperança de uma boa idéia à vista, para um próximo livro. Enfim, apenas a aridez de um punhado de areia, sem a grandeza dos desertos.

Passada uma semana, tomei a decisão (momento raro, naqueles dias vacilantes): aceitaria o desafio daquele trabalho, que ao menos me ocuparia por semanas ou meses, e afinal reforçaria meu saldo bancário. Para dar a notícia, resolvi ligar para Faustino. Foi quando ocorreu uma nova surpresa, neste breve capítulo já tão pleno delas: no número indicado no cartão... não havia nenhum Faustino Xavier!

15.

Ninguém, naquele telefone apócrifo, parecia ter ouvido falar da extravagante criatura que, dias antes, havia-me roubado o já fugidio sossego. Nem de J. Deus & Silva — certamente, sequer de livros e autores se ouvia falar muito, por ali. E, como pude constatar mais tarde, o individualismo de que falava o excêntrico tratado também não representava ali — menos que um perigo — nem mesmo a mais remota hipótese.

Tratava-se do telefone (disse-me uma voz feminina, entre rouca e arrogante) de um asilo popular para idosos carentes, localizado no bairro velho da G***. A voz (por seu timbre, e sobretudo seu tédio, percebi que era jovem) acusou-me de estar passando "mais um trote cretino", como vinha sendo comum nos últimos tempos... Relutou em me fornecer o endereço, que não fazia parte do falso cartão deixado pelo falsíssimo advogado.

Enquanto punha o fone de volta no gancho, lamentei pela sorte daqueles pobres velhinhos, que eu sequer conhecia: não bastassem o abandono e a pobreza, tinham ainda que conviver com criatura tão mal-humorada. Pior ainda: tão jovem!

16.

(Da inconsistência dos homens:

Todos esses psicanalistas que defendem a rebeldia e o voluntarismo dos jovens, como virtudes essenciais, parecem esquecer que Sófocles já tinha quase setenta anos quando escreveu *Édipo Rei*, misto de tragédia e caso clínico a que todos esses profissionais devem boa parte de seu êxito...

Melhor deixar espaço em branco na página, para voltar ao assunto mais tarde.)

17.

Não sei se estou de fato contando minha história ou plagiando, uma vez mais, a velha história do mundo, apenas para me convencer de que ainda estou vivo. Tanto a dúvida quanto o esforço são rigorosamente inúteis: sei que escrevo, mas no fim das contas ainda estou morto. Mas sei também, ao menos, que essa morte — a pior delas, a morte em vida — é uma espécie de consolo. Não poderia mesmo estar vivo, num mundo cada vez mais parecido com meus piores pesadelos.

Foi, sem dúvida, a sensação de um sonho mau o que me assaltou ao desligar o telefone, impotente por não poder lançar sobre a telefonista a raiva e a frustração endereçadas ao maldito Faustino Xavier. E aquele sentimento, já tão desagradável, não era nem de longe a pior parte. Havia a intolerável gratuidade daquele gesto. Vivemos num mundo utilitário, pleno de intenções e de espionagem. Faustino Xavier, o maldito espião, o mal-intencionado visitante, tinha me enganado, sem dúvida. Mas... com que finalidade?

A resposta não veio, como eu supunha — afinal, não há solução quando não se tem propriamente um enigma. Veio, sim, a hora do almoço, e todo o mistério do mundo voltou a estar resumido no desafio de manter a rotina de viver; e — mais específico ainda — no problema banal de como me sentar à mesa sem um mínimo de fome. Isso já vinha se repetindo com freqüência nos últimos dias e deixava na velha e prestativa d. Guiomar a incômoda sensação de não estar mais temperando adequadamente minhas expectativas frugais de ermitão. Pobre d. Guiomar! Que sabia ela de outras fomes ou de outros alimentos? Logo ela, coitada, cujos sonhos mais altos chegavam no máximo a um terceiro andar — nunca às nuvens?

Pobre — mas sempre surpreendente — d. Guiomar...

Lá vinha ela, vagamente solene, com o aviso pontual de que o almoço já estava servido na cozinha — àquela altura, eu tinha abandonado a sala de jantar, por me sentir cada vez mais solitário num ambiente excessivamente decorado por Maria Inês. Mas o que deveria ser apenas mais uma etapa de uma rotina sem variações nem esperanças continha, dessa vez, a semente maldita da novidade. Explico: além dos remédios de costume, d. Guiomar trazia na bandeja um objeto que se assemelhava a um livro. Mas não um livro qualquer: era o volume trazido dias antes pelo indescritível dr. Faustino Xavier, e que ele havia deixado sobre a mesinha de mogno, na sala de visitas. Percebi então que fazia pelo menos uma semana que eu não saía de casa, preso àquela cilada sinistra, formada pelas lembranças de uma mulher afinal esquecível e pela expectativa de uma missão que, no fim das contas, ainda "não existia".

18.

Mas o que ainda "não existe" também pode deixar seu rastro de sombra no mundo real. Não fosse assim, o hábito da paranóia não teria tantos adeptos. Mariana, por exemplo, minha segunda mulher, cultuava duendes e elfos como se fossem criaturas palpáveis — e isso muito antes que se tornassem uma moda rentável. Nossa rotina amorosa era pontuada por tabelas e prazos que envolviam o calendário lunar e mitologias extintas.

Mas já estou embaralhando as lembranças, e sobretudo abusando de sua paciência, leitor. Mesmo que você seja, no máximo, fruto do otimismo solitário de um morto, não há por que descuidar do seu bem-estar. Se não posso lhe garantir, digamos, uma poltrona impecável, ou condições radiantes para a leitura (ar fresco, luz natural... Que pode, afinal, um simples escritor?), cabe-me ao menos o dever de não sobrecarregá-lo com detalhes inúteis, ou histórias fora de hora. Há um tempo para tudo, reza o Eclesiastes — e não é por estar agora "fora do tempo" que vou deixar de me fiar nos textos sagrados.

A missão, eu dizia, se não existia ainda, já se insinuava, infame, como um velho e experiente ator que aguarda o momento de se expor à cumplicidade da platéia. Já reparou como os atores ficam cheios de si, nessa hora, supondo ou fingindo que agem por livre vontade, distraídos do fato de que entrarão em cena para cumprir as ordens de alguém? Oscar Wilde, que negociava a Verdade em troca de qualquer bela frase de efeito, dizia invejar a sorte dos atores — para ele, criaturas que podem escolher se querem participar de um drama ou uma comédia, se querem sofrer ou gargalhar. Esquecia-se o extravagante irlandês de que em geral tais criaturas (meros assalariados, quase sempre) são como Eco, o falso deus das mitologias antigas, que corria o mundo repetindo palavras alheias...

Não pense que fujo ainda do assunto: fui, um dia, esse ator. Naquela manhã, ao entrar na biblioteca com os remédios e o livro deixado por Faustino Xavier, a pobre d. Guiomar não sabia por certo que cumpria as funções do contra-regra que entrega a cada integrante do elenco os objetos que ele deve usar em cena. E, sem dizer palavra, sugere que chegou sua vez.

Fui esse ator: quando chegou a hora, o livro de J. Deus & Silva foi o adereço com que entrei em cena.

19.

A velhice é a melancolia do estilo, uma espécie de crepúsculo que desce sobre a vontade de escrever. E para alguém — eu, um velho — que escreve sem ter vontade, a Musa reserva o castigo impiedoso das metáforas pobres ou fora de moda: a "vida-como-um-teatro"... meu Deus! Nem nas páginas mais desertas e sem inspiração, nesse ofício desigual de escrever, cometi o despudor de passar para o papel tamanha pobreza de idéias.

Verdade que, se não chega a ser nenhuma novidade, a imagem tem para mim um gosto muito especial, ainda que amargo. São assim também — que fazer? — os melhores remédios... Foi justamente num teatro que meu padrinho Cosme me salvou das garras do fascínio que a carreira de ator exercia sobre mim. Estávamos nos absurdos anos 60, e eu, que não tinha ainda trinta anos, era presa fácil da doença de ver novidade em tudo e — pior — de me deixar encantar por elas. Não posso garantir que tenha sido essa a intenção, mas o fato é que o velho e querido Cosme acabou me indicando o caminho para a libertação da alma.

(Se não fiz bom uso da lição, não foi culpa daquele bom homem...)

De tudo isso, é claro, só me daria conta bem mais tarde. Na hora, ficou-me apenas a ironia mordaz de seu comentário:

"Francamente, Antonio! Não sei como você ainda se encanta com essa gente tola em cena. São meras marionetes, sem tirar nem pôr. O fator de não vermos os cordões só agrava o sentido da mentira."

Estávamos no saguão do extinto Teatro D***, no Centro Velho da cidade, aguardando o sinal para assistir à segunda parte de uma peça irrelevante qualquer. Ficou-me apenas, daquele dia, a imagem paciente do velho padrinho Cosme fumando um honesto charuto cubano, enquanto eu destilava um enorme entusiasmo, não isento de inveja, diante do talento do elenco, da "leveza dos gestos" e bobagens afins. Admirado com o que eu imaginava fosse o exemplo máximo da liberdade de agir, cheguei a desconfiar que estava afinal descobrindo minha vocação. Mas a sabedoria do padrinho pôde mais do que minha tolice de jovem, e seu comentário teve o efeito de jogar tudo isso por terra:

"Marionetes, padrinho?!", e antes de completar a breve frase, misto de pergunta e espanto, eu me vi literalmente no chão, quase arrastando o velho Cosme na queda.

É claro que seria mais correto atribuir o tombo a causas bem menos dramáticas, como o rasgão inesperado no tapete velho do saguão — ou, no máximo, por extensão, ao descaso dos empresários da época pelas nossas artes cênicas. Mas não posso deixar de admitir que as duas ações simultâneas (a frase do padrinho e meu tombo) tiveram sobre mim efeitos surpreendentes. Refleti — e muito — sobre aquilo, e não apenas enquanto duraram a sensação de vexame e as fortes dores nas costas.

20.

Fui sempre pessoa de hábitos regulares, humano, banal e comum — e o tempo não fez mais do que me transformar num velho repetitivo e monótono. Das metáforas obsessivas, livro após livro, ao constante sofrimento conjugal, sou filho da repetição e do erro. Foi justamente para me repetir, e talvez voltar a errar, que segui d. Guiomar até a cozinha, naquela manhã, levando nas mãos o libelo em que o ignoto J. Deus & Silva alardeava contra os perigos do individualismo — e, embora eu já não fosse um dos moços a que o subtítulo aludia, a curiosidade pôde mais do que a prudência.

Foi uma experiência indigesta.

Não no sentido orgânico, por certo: se não primava pela inventividade, a dieta preparada por d. Guiomar era sempre saudável, ainda que não deixasse lembranças. (Pobre, fiel e amiga Guiomar!...) Difíceis de engolir foram as palavras impressas naquele livro maldito, que a cada um de seus oito capítulos conseguia uma proeza impensável: tornar-se ainda mais absurdo. Por meio da loucura — e não da geometria — J. Deus & Silva parecia ter nos legado uma idéia bastante aproximada do que seja o infinito.

21.

Imagine o leitor um espetáculo qualquer — digamos, por hipótese, o mundo — em que cada gesto ou fala do elenco fosse controlado por um diretor genial mas tirânico, e absurdamente secreto a ponto de não se deixar enxergar por ninguém. Imagine que, ao longo de todo o espetáculo, nenhum ator deixasse de acreditar que estaria exercitando a técnica milenar do improviso. Imagine-os então — aos tantos e tantos em cena — felizes e entusiasmados (alguns arrogantes, até) ante a chance que julgam merecida: a de agirem ("atuarem") por causa e vontade próprias.

Em seguida, sincero leitor, abane a cabeça e afaste do pensamento a sombra dessa inacreditável alegoria do Inferno. E então, se um pouco de energia e paciência ainda lhe restar, faça todos os gestos de incredulidade — mas, no fim das contas, acredite: J. Deus & Silva vislumbrava, em tamanho horror, o ideal de perfeição para o Paraíso na Terra. Para ele, o homem perfeito se parecia muito às marionetes.

Há monstros de toda ordem, no mundo: íncubos de meia-noite, mulas de folclore, assassinos de seriados, e também demônios de face feminina e angelical. Mas nada, acredite, é mais terrível do que a expressão neutra, monstruosa e impassível daqueles que nos prometem liberdade para a alma, roubando-nos em troca, justamente, a alma e a liberdade, tratadas como simples *beijus* de um níquel. Levando de nós aquilo que desde o início desvalorizam, pintam-se de generosos por afinal cobrarem tão pouco. J. Deus & Silva era um desses monstros, e seu *Os perigos do individualismo*, mais do que um livro, representava o próprio exercício do Mal.

Não pretendo cansá-lo, leitor, com a descrição minuciosa de horrores que, no fim das contas, cada um de nós já sente hoje na carne, ou pelo menos distingue no horizonte, como a sombra de um temporal que se aproxima. Vá lá: descontem-se os exageros de um homem velho e assustado com o que acontece "lá fora"... Mas que outro motivo o levaria a começar a ler este livro (se *isto aqui* afinal vier a ser um livro) senão a vontade de escapar aos suplícios do convívio obrigatório, da felicidade compulsória e do "pluralismo coletivista" que marcam o mundo atual, ou o que restou dele?

Santo Agostinho definia a leitura como a interrupção temporária e corajosa de toda a ligação com o mundo. Para o ilustre filho de Santa Mônica, abrir um livro era, acima de tudo, recolher-se. Certamente, por mais milagroso que fosse, ele não poderia ter previsto horrores como o tratado de J. Deus & Silva: para fugir de sua influência, seria capaz de aconselhar o mergulho na mais voraz multidão. Seguidor inconsciente dos preceitos do santo, mergulhei nos perigos d'*Os perigos*... e adianto que não saí ileso! Quem, afinal, já retornou vivo do Inferno?...

22.

Quem sabe amanhã (quer dizer, algum dia) as frases que armazeno sem muita vontade neste caderno barato ganhem afinal forma definitiva de livro: lombada, orelhas, colofão, folha de rosto... Aprisionadas na letra de fôrma da página impressa, elas já pouco terão da escrita trêmula e nervosa de um velho como eu, em desabafo *post mortem*. Já não despertarão a incredulidade ou o espanto — essas duas variantes do sucesso editorial. Hão de parecer, no máximo, má literatura, jogo de salão ou (pior) o testamento vulgar de um escritor em quem a crítica nunca terá visto mesmo muitas qualidades.

Mas, enquanto isso não acontece, restará sempre o consolo de sua companhia, leitor imponderável, aí do outro lado desta folha deserta.

23.

Releio o capítulo anterior e só consigo lhe atribuir uma função: a mesma dos volteios que o talher fazia no fundo do prato, na longínqua infância, tentando adiar o momento indesejado de comer — ou, para empregar uma imagem tão mais afim às crenças em voga, seria como o chocalhar sacrílego que um mago faz nos búzios ou grãos antes de emitir profecias favoráveis ao freguês. Mas, como me encontro distanciado tanto da infância quanto da hipótese de ser um profeta, será melhor que eu evite tantos rodeios.

24.

Um inferno de marionetes: assim J. Deus & Silva imaginou a perfeição do mundo nos idos de 1891, e os homens desde então parece que não têm feito mais do que colocar suas idéias em prática.

Fabianista, visionário, coletivista — numa palavra: monstruoso —, o espantoso advogado vem descrito no prefácio como um "benfeitor da Humanidade", "filho do Espírito encarnado em homem" com a missão de "dissolver o indivíduo na sempiternidade (*sic*) do pensamento geral". São palavras que não esqueceria em cem anos, tamanho o impacto que tiveram sobre meu desencanto. A comida suave de d. Guiomar chegou a ameaçar minhas entranhas, diante do que eu ia lendo e que — desgraça intragável — não esqueceria nem em um século.

Eis, em resumo, as idéias do livro:

Para que a felicidade se implantasse no mundo, J. Deus & Silva defendia dois preceitos. O primeiro, terrível por definição, era o de que a sociedade humana e o destino do homem sobre a Terra careciam de princípios e formas racionais. O segundo preceito — derivado do outro, mas estupidamente mais terrível ainda — reivindicava que esse racionalismo pretendido era de tal ordem sofisticado que estava acima da "capacidade física e psicológica de qualquer indivíduo". Para ele, só a coletividade saberia produzir, em larga escala, energia e matéria pensantes. Não é preciso ser tão brilhante assim para concluir aonde tal pensamento conduzia: segundo essa sinistra modalidade de benfeitor, a sociedade só se tornaria feliz (ou, segundo ele, "racional") depois que o indivíduo se *dissolvesse* (verbo terrível!) no "amálgama racional da coletividade".

Mais do que aquelas idéias macabras, chocava-me lê-las assim, em estilo tão elegante e suave. Para o gentil J. Deus & Silva, a salvação do homem dependia de um "notável anonimato geral" — a que muitos, no entanto, "imprudentemente ainda resistem"... Quando larguei o livro sobre a mesa, tinha diante de mim a boa e assustada d. Guiomar, que percebia os distúrbios da minha digestão por meio das variações expressas em meu rosto. E, pelo visto, as últimas páginas que eu lera (e estava, ainda, no quarto capítulo...) deviam ter sido as piores, pois a querida governanta já se adiantava em trazer minhas pastilhas gástricas, indicadas pelo médico para compensar os pratos mais fortes.

Aquele, certamente, era um desses "banquetes". Que poderia haver de pior, e mais monstruoso, do que isso: o Inferno servido na bandeja frívola da felicidade geral?! Depois de um parágrafo em que o autor advertia que só a luta e a renúncia ajudariam a tornar afinal superado o "pensamento individual", fechei o livro com força e o joguei sobre a mesa. Levei a mão ao estômago, menos por alguma dor que pelo hábito. E então me lembrei assombrado (e era o que de fato mais doía) de que tinha ouvido palavras semelhantes ali mesmo, em casa, nos tempos de Maria Inês e seus saraus.

25.

Maria Inês gostava de festas, como as mulheres grávidas reivindicam chocolate salgado, cacos de telha ou lima-da-pérsia em hora descabida: menos para desfrutar de um sabor do que pelo exercício de sua forte vontade. Querer, e conseguir, era apenas mais um de seus prazeres perversos. Por conta dessa volúpia, nossa casa vivia cheia de pessoas cuja vida interior, somada, não seria bastante para um único corpo que fosse.

Não tive filhos, nem pretendo transmitir a nenhuma criatura — muito menos a você, leitor — a impressão de que compreendo as leis da herança e da continuidade da espécie. Escritor que sempre fui, entendo no máximo da geração de seres que, a seguir, já não se reproduzem por si mesmos. Mas, guardadas todas as limitações, sempre me comovi diante do espetáculo da vida se confirmando e perpetuando na gravidez das mulheres, para além de seus caprichos e "desejos" voluntariosos. E é nisso, justamente, que Maria Inês se distinguia de qualquer uma delas: pela esterilidade de seus atos e idéias. Seu dia-a-dia, pleno de compromissos e frases de efeito, não constituía sequer um disfarce para sua alma pequena.

Mas nada traduzia melhor essa pequenez do que os "encontros poéticos" com o Bardo e seus Ouvintes, que Maria Inês promovia seguidamente em nossa casa, e que se tornaram, mais do que um hábito, um pesadelo de todos os sábados. O mal-estar que aquelas noitadas despertavam em mim se baseava, na época, em impressões, intuições e sentimentos — não era, como agora, a dura encarnação de fatos consumados.

O Bardo, de cujo nome não pretendo me lembrar, parecia apenas uma extravagante metáfora da falta de valores de seu tempo — um produto rousseauniano do meio, no sentido mais sinistro da palavra. Mas era ainda pior: ele, e seu esquadrão de Ouvintes, denominavam-se... construtores do futuro! As cores e a extravagância variada das roupas mal compensavam a uniformidade de idéias e gestos, que aos poucos vão se tornando a moda definitiva e obrigatória. Brincavam de discutir e pensar, enquanto Maria Inês cuidava de me atraiçoar a sério.

Foi numa dessas noitadas que pude constatar todo o perigo de tais brincadeiras. Nessa noite, depois de "salvar o mundo" um punhado de vezes — e azedar meu espírito, e destemperar minha ceia —, o jovem Bardo lançou no ar a pergunta, quase como alguém que rezasse:

"Numa sociedade controlada e perfeita, qual seria o lugar da arte?"

Por trás da aparente tolice, pressenti o horror e o perigo — sabia a que tipo de "controle" e de "perfeição" pessoas como aquelas se referiam. Uma monstruosidade impessoal, e acima de tudo indescritível.

"Lugar nenhum, bolas!", respondeu um dos tolos. "A arte não passa de um fruto da imperfeição do indivíduo. Atingida a perfeição, superado o indivíduo — quem vai precisar de arte?"

26.

(Descrever as conseqüências e os danos implícitos na última afirmação exigiria um longo capítulo à parte. Não ousaria escrevê-lo, leitor. Posso, em troca, deixar a página em branco, à sua disposição, e seguir em frente, enquanto me restam saúde, tempo e papel.)

27.

Sei que a vida é feita de regras, ciclos, repetições. Por trás de toda paixão inesperada, de todo grande gesto de heroísmo e até do mais inocente bom-dia, espreita uma série de padrões que conspiram contra a espontaneidade, a originalidade e o ineditismo. Por trás de meus oito livros, séculos de influências me contemplam — e o mesmo diria dos biscoitos admiráveis do Velho, cujo grande segredo era o de serem fiéis a uma receita antiga de família.

Que ninguém veja nisso, no entanto, um elogio da espécie contra o indivíduo. Todas as rosas são, até certo ponto, a mesma rosa, platonicamente, quase ao infinito. Mas em cada pétala também se insinua a gota aristotélica da realidade irredutível, o *quid* — aquilo que não se repete em nenhuma outra. É justamente a luta contra esse inferno de espelhos que faz a vida nos surpreender, como um milagre que jamais se banaliza. Como aceitar, então, teses como a de J. Deus & Silva? Com que finalidade, alguém...

Mas basta, leitor! Já lhe dei tempo suficiente para descansar, e eu tenho *outras* perguntas...

28.

Por que razões (e a soldo de quem?) alguém me contrataria para avaliar a "autenticidade" de um livro tão estúpido? Que crise de bom senso levaria quem quer que fosse a desperdiçar tempo e dinheiro com tão assombrosa demonstração da falta de limites que acompanha o ridículo? De onde vinha, enfim, "tudo aquilo", e como tinha chegado até mim? Até onde iam a verdade e a mentira em "tudo aquilo"? O que poderia caber por trás da vaga expressão que me ocorria: "tudo aquilo"? E como uma pergunta nunca chega sozinha, lá vinha — atrás dessas — a mais imperiosa de todas: por que logo *eu*?

Existem diferentes maneiras de se sentir um predestinado — e nem todas são exatamente lisonjeiras. Há pessoas atingidas por um raio, na proporção estatística de um para dezenas de milhares. Ou então — para ficarmos no capítulo das tragédias — são colhidos nas malhas da fiscalização eletrônica de uma repartiçãozinha qualquer, em meio a milhões de nomes e números de documentos. Eu, no caso, também tinha sido escolhido. Só não sabia dentro de que margem aleatória de erro.

Vendo-me mergulhado em devaneios assim, a boa e fiel d. Guiomar teve a eterna reação das almas simples e justas, que confundem angústia e má digestão e tratam de explicar a maioria dos males do mundo como conseqüência de uma refeição apressada. Para ela, a complexidade do Universo estava diretamente relacionada às variações da cadeia alimentar. Supor que um sal de frutas ou mesmo uma canja magra poderiam substituir com vantagens muita investigação filosófica — eis toda a metafísica da pobre d. Guiomar.

Pobre? Sábia, isso sim.

Se não chegava a constituir nenhum monumento metafísico, sua atitude inocente tinha muito da estratégia dos grandes generais: sem subestimar o inimigo, empenhava-se ao menos em lhe contrapor uma solução. Quanto a mim, nem toda a cultura acumulada poderia, àquela altura, ajudar a entender o sentido do enigma que um presunçoso visitante havia atirado sobre minha vida reclusa.

Por conta da queda juvenil para o dramático (de que o antigo tombo no teatro era, digamos, uma espécie de emblema...), levei ainda alguns minutos até entender afinal que, se não conseguimos derrotar certos demônios, podemos ao menos lhes voltar as costas — ou, para usar uma imagem mais ao gosto do proselitismo high-tech moderno: mesmo a máquina mais diabólica pode ser desconectada da tomada! Era inútil ficar repetindo a pergunta, na cozinha do apartamento cada vez mais vazio: Por que eu?! Por que eu?! A pergunta certa era: Por que perder tempo com *aquilo*?

Disposto então a apertar o botão que viraria aquela página, levantei-me para atirar ao lixo o ideário maligno de J. Deus & Silva e, junto com ele, as lembranças do arrogante dr. Faustino Xavier. Mas, vacilante como sempre diante de toda perda iminente, resolvi dar uma última "folheada" em toda aquela extravagância...

Decisão infeliz! Meus olhos (e a curiosidade que os guiou) conspiraram definitivamente contra mim. E eu, que supunha estar encerrando um episódio estranho e mal explicado, descobri o que não deveria, e que logo adiante iria garantir minha entrada e permanência no Inferno.

29.

Para quem, como eu, sentiu desde cedo o canto da velha Bruxa — a Literatura —, o ofício de ler sempre oscilou entre o prazer e o assombro, o medo e a revelação. Foi, por exemplo, com espanto que tomei afinal conhecimento do conteúdo de uma velha pasta de couro alemão que herdei de meu pai, com a recomendação de que era "a história da melancolia familiar", e que eu precisaria estar pronto para folheá-la. Desde a morte do pai, eu nunca tinha tido vontade de abrir, desconfiado das tristes revelações que guardaria.

Sabia, por certo, que as dificuldades financeiras que conheci na infância (e que, aos poucos, foram me afastando de algo tão abstrato como o dinheiro) eram a única herança deixada pelo Velho, pai de meu pai: meu avô. Sabia também que seu fracasso nas Letras — que ele tentou compensar, migrando para os negócios — teve um equivalente no terreno impreciso das finanças, e que sua fábrica de biscoitos, discretamente instalada no antigo bairro imperial de S** C***, tinha oscilado entre um breve sucesso e uma longa decadência, até fechar as portas na remota década de 1930. Mas não desconfiava que, por trás dessa malsucedida carreira empresarial, houvesse uma grande tensão dramática, que parecia ter faltado nas tentativas literárias do Velho.

Mantendo aquela pasta fechada, sempre procurei adiar a hora em que tudo isso me seria tristemente revelado. Se a tristeza sempre marcou minha vida, revelações nunca foram meu prato favorito. Disposta a não respeitar meus gostos ou meu paladar sensível, Maria Inês (fazíamos cinco meses de casados) quebrou a tranqüilidade de um domingo com o oferecimento indiscreto de arrumar os armários da casa. Menos de meia hora depois, adentrava a biblioteca com a velha pasta de couro nas mãos e um sorriso que parecia uma estranha charada.

Folheando os velhos recortes de jornais, descobri naquele domingo que o prédio das Indústrias Assis de biscoitos finos tinha sido arrombado e invadido no verão de 1932. Tudo no episódio levava à conclusão de que se tratava de um "arrombamento seguido de assalto" — a não ser por um detalhe: nada tinha sido roubado!

Em compensação, não restou nenhuma lata intacta no sofisticado estoque do Velho (seus requintados biscoitos armazenados com luxo antes de serem expedidos aos clientes): todas foram sistematicamente abertas, e seu conteúdo pisoteado por botas impiedosas. Também se mencionou (dizia um dos recortes amarelados e quebradiços) o sumiço de um envelope de papel grosso, que talvez contivesse alguma tentativa literária do Velho. Mas isso (li na mesma reportagem) nunca chegou a ser confirmado. Meses depois da tragédia, a fábrica fechava as portas, para sempre — e, nos poucos anos que ainda viveu, antes de fazer o que fez, dizem que meu avô (o Velho) bem que tentou compreender tudo aquilo, com a sinceridade e o empenho de quem se dedica a algum ritual inútil.

30.

Tudo é ritualístico e, de certo modo, parece uma velha peça que venha se repetindo há muito tempo — como velho e repetitivo é o desconforto, desprevenido leitor, com que você lê estas páginas, vagas e exageradas. A esta altura, você já deve sentir vontade de fechar este livro (se *isto* for mesmo um livro...) e abandoná-lo em algum canto — quem sabe, atirá-lo ao lixo. Sinceramente, eu faria o mesmo, não fosse minha a obrigação de terminar de escrevê-lo...

Jogar no lixo: eis o que deveria ter feito com as tolices encadernadas de J. Deus & Silva — mas tive orgulho, ou hesitei. Como castigo para tamanha imprudência, coube-me ler, a páginas tantas do maldito libelo — num solene "Capítulo dos exemplos" —, que "a insensibilidade recalcitrante do individualismo conduz inexoravelmente a confrontos dramáticos, como o que culminou na destruição e no conseqüente fechamento falimentar de uma conhecida casa fabricante de biscoitos finos, no bairro imperial"! Nem precisei voltar à pasta de couro e seus recortes: a ausência de Maria Inês mantinha vivos todos os seus disparates — entre eles, as lembranças daquela descoberta, por mais que já tivessem se passado quase sete anos.

Muito já se escreveu sobre o Tempo, mas sempre fui sensível à metáfora que o representa, desde Heráclito, como um rio sem volta. Ler, num livro datado de 1891, a notícia de um episódio que só viria a ocorrer quatro décadas depois parecia uma anedota de péssimo gosto. Minha primeira sensação, ao fechar o livro (e dessa vez, leitor, para sempre), foi a de que o nefasto dr. Faustino Xavier afinal tinha alguma razão: o livro era falso. A segunda sensação foi ainda mais desconfortável: de que me adiantava, àquela altura, dar razão a alguém igualmente tão... "apócrifo"?!

31.

Dizem (o que não é improvável) que Kafka tinha uma escrivaninha que parecia extraída de seus textos sombrios. À altura dos joelhos de quem nela se instalasse, havia duas afiadas pontas de madeira. Não eram instrumentos de tortura, mas recursos pedagógicos, pois funcionavam para o escritor como advertências permanentes: não escreva nada que o deixe excitado, nem permita que seu corpo vibre demais, enquanto escreve. Dizem também (o que não é igualmente improvável) que o infeliz escritor trazia os joelhos sempre doloridos e roxos.

Nunca fui assim tão disciplinado, nem tive semelhante inclinação para o sofrimento. De Kafka, imitei no máximo sua dificuldade proverbial com as mulheres. Por isso, não pude deixar de achar engraçado quando as primeiras amantes, e boa parte das resenhas literárias, disseram que eu e minha obra tínhamos certo "temperamento kafkiano". Logo desconfiei que jamais seria muito amado — nem muito lido, também.

Mas naquela tarde na cozinha, diante de uma d. Guiomar

cada vez mais incrédula, vi-me forçado a admitir que enfrentava, enfim, uma situação... kafkiana! Um homem solitário se vê enredado por forças que não consegue compreender, e a que alguns chamariam de paranóia, e outros tantos, de destino. Certamente, faltava ao caso o estilo inconfundível do tcheco — mas havia, em comum com ele, a impressão geral de um final inconcluso e nada feliz.

Claro que eu poderia ter encerrado aquele almoço com algumas horas de sono e uma dose reforçada de antiácidos. À noite, sozinho na biblioteca, voltaria a lamentar a solidão, ou a falta de idéias para um próximo livro. Mas quem cochilou, naquela tarde, foi a Razão — e o sono da Razão gera os piores monstros...

A curiosidade é um desses monstros, e talvez meu preferido. Só depois descobri (tarde demais, como sempre) que ela se assemelha em tudo ao arsênico: de remédio para a homeopatia, transforma-se, em doses maiores, num veneno letal, de largo uso nas desilusões amorosas e conspirações políticas. Na manhã seguinte, supondo que buscava alguma forma de cura, comecei a sorver (e nem tão devagar) minha dose irremediável: fui conhecer de perto o asilo decadente.

32.

Era um prédio absurdo, no bairro velho da G***, formado por quatro edifícios que pareciam se unir em ziguezague, com a insondável intenção de formar, para quem visse de cima, um estranho M — a letra com que começam mistérios, mortes e morcegos.

Mas seria exagero ou mentira (para insistir na consoante) sugerir que aquilo me provocou uma angústia maior do que a que eu já trazia comigo. Nem quero falar em premonições, arrepios na espinha, calafrios retóricos — quem precisa disso? O sentimento confuso que tinha me impulsionado até ali já constituía problema suficiente: desejo de decifrar um mistério, medo do desconhecido, empenho em esquecer Maria Inês e — em dose não desprezível — ausência de algo melhor para fazer.

Na verdade, ninguém precisaria mesmo de premonição para entender que, através daquelas portas pesadas, de conservação duvidosa, pouca coisa costumava passar além de velhos cadáveres e más notícias. Hesitei um pouco diante da entrada principal, mas por fim toquei a campainha. Enquanto aguardava, raspei lentamente os pés no grande capacho (menos por higiene do que por indecisão), tratando de deixar do lado de fora todas as esperanças de um Dante, que ali valiam tanto quanto a poeira. Mas procurei manter intata a pequena esperança de encontrar algumas respostas. Mãos no bolso do paletó de lã, apalpei o maldito exemplar de J. Deus & Silva — mesmo sem voltar a abri-lo, carregava-o como uma espécie de talismã, para me dar coragem naquela investigação.

Foi uma espera comprida, até receber algum sinal de vida, em resposta. Não sei quanto tempo durou, mas foi bastante para que eu pudesse reavaliar, de memória, um incidente ocorrido naquela mesma manhã, a caminho dali. Sinal de que o que estivesse para acontecer, fosse o que fosse... já havia começado!

33.

Que bom seria poder escrever um romance de mistério, desses que facilitam tudo desde o prólogo, de forma cômoda e igual, para autor e leitor. Aos dois — aquele que escreveu e quem lerá —, consola a ilusão de que a Literatura venha a ser, no máximo, a descrição de um crime, além de um punhado de razões e circunstâncias. Tudo isso, é claro, temperado pelo empenho estilístico, nem sempre honesto, de camuflar a resposta até a última página.

Confesso que nunca sonhei em produzir "tais livros" (como sempre os chamei, não sem preconceito), nem nas horas de maior fracasso de vendas ou desespero amoroso. Nem mesmo agora — quando sou pouco menos do que um morto. Como este, então, jamais será um desses livros baratos (se *isto* for, de fato, um livro), estamos os dois condenados, leitor: eu, a registrar à mão sobre o papel sem pauta os horrores que antecederam um final nada feliz; você, a perceber, afinal, que a vida nem sempre é digna da grande arte.

De tanto ver triunfar esses autores, e testemunhando a candura de seu público, cheguei a me sentir tentado a concluir que a ignorância e a cegueira — mais do que bênçãos — constituem quase um "estado de graça". Quem ainda prefere essa modalidade barata de história de ação, por não suportar a monotonia estrondosa da vida, parece não se dar conta de que um mistério muito maior floresceu sem cessar à luz do dia, e agora se prepara para derramar seus frutos! Mas a mim — a quem não foram dadas nem bênção nem graça — coube a visão completa do horror: a face oculta do Mal, a Legião que não ousa dizer ainda seu nome, já esperava por mim naquela manhã, quando parei na esquina do Largo do M***, a duas quadras de casa, em busca de um táxi. O caminho do Inferno já se fazia diabólico, desde o primeiro passo...

(Mas, antes, viremos a página. Tentemos arejar o livro com a esperança de um capítulo novo: neste, já acumulei raiva demais, além de um punhado excessivo de adjetivos.)

34.

Disposto a desvendar o novelo prosaico de erros enredado na véspera, acordei naquela manhã ainda mais cedo do que vinha fazendo. Mal havia clareado, eu já estava de pé, repetindo sem convicção os rituais diários do banho e do desjejum — que, naqueles tempos, incluía mais comprimidos do que carboidratos. Vendo-me pronto para sair, a boa d. Guiomar (que acompanhava em amargo silêncio minha radical reclusão daqueles dias) deve ter pensado que eu estava a caminho da cura, e não da desgraça final.

Desconhecedora feliz dos mistérios que ultrapassem o horizonte de uma casa limpa e bem administrada, minha fiel governanta ainda me acompanhou até a porta, com um sorriso puro que quase me convenceu de que nenhum mal poderia me atingir — e de que a desgraça, afinal, não era assim tão iminente. Mas a breve cena idílica logo se dissipou, no episódio da esquina.

Foi assim: após dez minutos de espera, nenhum táxi passou, o que talvez fosse comum àquela hora. Incomum era, por certo, minha presença matinal ali, inaugurando a longa série de desacertos que dura sem explicação até agora. Mas, como minha ansiedade atingia também níveis bem pouco "comuns", resolvi atravessar a rua e tentar a sorte em outro quarteirão.

Distraído do Universo, não reparei que o sinal ainda estava aberto, e que os carros circulavam indiferentes a mim e ao que pudesse me acontecer. Mesmo assim, consegui chegar sem susto à outra calçada — o que, agora, só posso atribuir a alguma Musa protetora dos tristes e dos distraídos. Mas tal criatura — se realmente existir — talvez não consiga cuidar de vários mortais ao mesmo tempo. A jovem e bela mulher que vinha logo atrás de mim, por exemplo, não recebeu o mesmo tratamento dos carros: foi ao chão, mais por conta do susto do que do automóvel, que parou a poucos centímetros dela.

Voltei-me imediatamente — por cavalheirismo ou instinto — para ajudá-la a se erguer e recolher sua bolsa, mas também, por que negar?, para conferir melhor sua beleza, que já me havia despertado a atenção. Se, como cavalheiro, não esperava gratidão, meu instinto não imaginava receber, em pagamento a meu gesto, tamanha rajada de ofensas. À minha pergunta-padrão ("A senhora está bem?"), a bela contra-atacou, erguendo-se sem ajuda:

"O senhor está bêbado? É, por acaso, algum louco? Um assassino à solta?!"

E, apontando em minha direção seus olhos lindos e úmidos, disparou:

"Imagine! Convencer-me a atravessar assim, com o sinal aberto? Não viu os carros?!"

Se a cena pertencesse ao reino da razão (ao bom e velho mundo real, como meus contemporâneos conheceram), a própria mulher teria caído em si, sem me obrigar a uma tentativa de desculpas e a alguns argumentos inúteis — entre eles, o mais ridiculamente óbvio de que *eu não a estava conduzindo*, não sendo portanto responsável por seus atos. Mas, como tudo aquilo já parecia fazer parte do império do pesadelo que hoje toma o lugar da vigília, a mulher limitava-se a não me ouvir, e a me acusar:

"Individualista!"

"Ora, minha senhora", tentei arriscar, já quase sem paciência. "Não acha que cada indivíduo...?"

"Ora, o indivíduo!" — e em seu escárnio havia ecos terríveis de outras experiências, num leque abominável que abrangia Maria Inês, seus amigos, seu Bardo, e se estendia (sem precisar ir mais longe) até um tratado apócrifo, para suposto "uso da nossa mocidade". "O indivíduo é uma ilusão!", prosseguia a mulher. "E ai daquele que não sabe disso! A culpa pelo que me aconteceu é sua também!"

Não era a primeira vez que eu ouvia aquelas frases monstruosas. Desconfiado de que não seria a última, perguntei-me se acaso aquelas pessoas conheceriam dr. Faustino Xavier (se é que ele de fato se chamava assim) ou já teriam tido notícia da existência do livro de J. Deus & Silva... Comecei a desfiar as alternativas: coincidência dos fatos, paranóia minha ou...?

Não cheguei a completar o raciocínio: as pesadas — e mal conservadas — portas do asilo se abriam (malignamente) para me receber.

35.

Há portas que não se cruzam impunemente, e disso dão conta tanto a tragédia de Édipo como a de Napoleão, com sua obsessão pela Rússia. Mas não saberia dizer, no caso, se minha Waterloo estava de fato além daquele umbral — nem se o Tirésias de plantão foi mesmo Faustino Xavier. Suspeito (tarde demais, como sempre) que esse papel em meu pequeno drama sem público tenha sido partilhado por vários atores. Um desses eleitos bem pode ter sido a dra. Virgília Nabuco, diretora-substituta do asilo, a cujo gabinete fui conduzido por uma insolente recepcionista — na voz rouca e arrogante da jovem, reconheci o mesmo timbre que me havia atendido ao telefone.

As cenas que testemunhei, no trajeto entre o saguão e o gabinete da diretora, mereceriam, sem dúvida, um proverbial "capítulo à parte". Mas já posso antever sua expressão contrariada, leitor empenhado: contento-me então em resumir aqui, num simples parágrafo, o espetáculo de horror que certamente J. Deus & Silva — caso existisse — incluiria sem susto como exemplo de seu paraíso na Terra.

Não me refiro a maus-tratos e castigos físicos, ministrados a pretexto de terapia a um punhado de idosos maltrapilhos, como seria de se esperar em ambientes do gênero — que sempre, por sinal, evitei explorar em meus livros. Nada havia ali que lembrasse o espetáculo de miséria e cinismo fixado nas melhores páginas de V. Hugo. Longe disso: pelos corredores de piso encerado e impecavelmente varrido, vi desfilar homens e mulheres vestidos de maneira modesta e honrada, em uniformes de um cinza esmaecido mas limpo, e sobretudo impessoal.

Se era assim, onde estariam o horror e o pesadelo desse pobre asilo — que anunciei, desde o início, como decadente?

Só olhos incrédulos e ouvidos distraídos não terão ainda percebido que, em nosso mundo prosaico — que só imita a Arte quando a falsifica —, os pesadelos mais plenos de horror são os que nos atingem à luz clara e insuspeita do dia. Sei disso muitas vezes — mas soube acima de tudo naquela manhã, durante a visita ao asilo da G***. Nem mendigos repulsivos, nem corcundas românticos, aqueles homens e mulheres fardados de cinza, vagando com indiferença e olhos baixos pelos corredores, compunham, no entanto, imagem bem mais assustadora do que qualquer capítulo de Hugo.

Não demorei a reconhecer que, para aquele tipo de horror, fazia-se indispensável o universo estilístico de um J. Deus & Silva. Ao contrário do que suponham os poetas e os jovens (numa palavra: os românticos), a loucura significa a morte da consciência individual. Enlouquecer é mergulhar na noite impessoal e coletiva — não sendo coincidência que todos os loucos afinal se pareçam, em agressividade ou delírio, ao passo que os lúcidos são infelizes cada um à sua maneira. (Releio a frase, que me soa familiar: onde, diabos, li isso?!)

A esta altura, o corolário salta aos olhos: a loucura é a semente maldita que vibra no centro do coletivismo apregoado por J. Deus & Silva. Ao contrário do que dizia o extravagante pensador, a coletividade não seria capaz de produzir nenhum movimento racional, nem a mais remota matéria pensante. Daí a popularidade massiva da loucura, como concluí na mesma hora: ela fornece o roteiro, enquanto o coletivismo garante divulgação e público certo. Mas isso não resolvia a questão — antes a complicava. Pois, se ponderarmos que tudo naquele tratado parecia falso e indigno de confiança, então certamente o mais louco de todos seria eu — que mergulhava naquele inusitado mistério em busca de alguma implausível verdade, ou de uma improvável lucidez.

A especulação seria longa — mas o caminho que eu percorria, nem tanto. Mais alguns passos, e uns dois ou três internos uniformizados depois, lá estava eu diante da efígie de mulher mais fascinante que eu jamais tinha visto, e ainda sem desconfiar que a aliança entre a Beleza e o Perigo constitui, sem dúvida, o mais indissolúvel dos casamentos.

Virgília!...

36.

Dizem que todo homem, para ser feliz, depende do casamento. Mas foi preciso que eu repetisse o erro quatro vezes — tive Glorinha, Mariana e Marcela, antes de Maria Inês — para descobrir que a felicidade, no caso, não era uma variante romântica da convivência amorosa, mas um horrendo imperativo social. Casar-se é um procedimento que fornece, a cada integrante do par, a senha de acesso a essa confraria monstruosa: a Humanidade.

Conheci Maria da Glória quando o hábito de ser infeliz, como nos poetas românticos, deixava de ser em mim um vago projeto estético para se tornar uma necessidade física. Paixão e literatura eram, na época, uma coisa só — e, por sinal, das mais confusas. Conheci e amei Glorinha, em sua diminutiva falta de sinceridade, como quem admirasse uma hipérbole de Góngora: aplaudia, sem compreender. Não demorou para que eu percebesse que não era leitor exclusivo de suas excentricidades nada poéticas... É preciso não esquecer que, além de escritor, eu era moço — e, quando um escritor é moço, tem o péssimo costume de tentar esconder as coisas mais óbvias e simples sob um manto barroco. Ou, então, esforça-se em parecer moderno, inventando palavras ou falando de revoluções e futuros alternativos. Foi, nesse segundo momento, que Mariana abriu para mim suas páginas e asas esotéricas.

O amor por Mariana era também, a meu modo, um esforço de sintetizar arte e vida. Meu romantismo sobreviveu à mocidade, como indício de uma carência amorosa que eu supunha sem cura. Desde a infância, somos submetidos à necessidade de companhia e à idéia de que a solidão (o quarto escuro, a escola sem recreio...) é um castigo reservado aos piores. Romântico ainda, mas já não tão jovem, talvez eu tenha vislumbrado em Mariana a chance de não perder contato com o devir do mundo e seus mistérios. Achei que seu culto quase científico a duendes e elfos não me cairiam tão mal assim, afinal, como agradáveis metáforas. Custei a perceber que, no chamado Livro do Mundo Moderno, vivíamos em capítulos bem diferentes.

Quatro vezes! E quase já ia escrevendo que "nem por isso me senti menos sozinho". Mas suponho que mesmo escrita assim, entre aspas, como citação de algum folhetim medíocre, a frase soaria fingida ou retórica. Como se eu tentasse dar a entender, leitor presumido, que a solidão é uma das variantes do Inferno. Hoje, quando a proibição de estar só tem quase força de lei, não hei de querer renegar justamente o que a vida sempre me ofereceu de melhor. Afinal, se não chegou a ser um prêmio, certa dose de solidão acabou sendo um excelente refúgio: nem foi à toa que, desde garoto, preferi sempre a história de Robinson Crusoe a todos os espetáculos de marionetes.

Marcela — minha terceira "queda" — chegou em minha vida como uma extravagante turista que visitasse a ilha deserta de um náufrago à beira do tédio. Fomos assim, um para o outro: não mais do que curiosidade e analgésico, de efeito eventual e passageiro. Vivemos juntos dois anos, no máximo — sem maiores sobressaltos, e sem nenhum livro novo. Quando o equilíbrio parecia prestes a ser reconquistado, cometi a maior das imprudências amorosas: conheci Maria Inês, que praticava a ciência de se fazer imprescindível. Nisso, ela era mestra: nossas horas de amor, se eram para ela exercícios existenciais de vaidade, aos poucos ganharam em mim o sabor humilhante de um vício ou remédio.

O resto já está contado em outra parte deste caderno. A história de meus erros conjugais não merece mais do que um breve capítulo. Loucura por loucura, voltemos à manhã de minha visita ao asilo.

37.

Enquanto a dra. Virgília me conduzia até sua mesa, e me indicava a velha cadeira de couro à sua frente, um único pensamento me assolava, como o martelo de algum obsessivo marceneiro a bater no mesmo prego: "Preciso inventar uma história! Preciso inventar uma história!".

A frase era já uma antiga conhecida minha: tinha visitado meu espírito infinitas vezes ao longo da vida, mas sobretudo nas épocas em que eu buscava um enredo (e, cada vez mais freqüentemente, uma motivação) para continuar escrevendo. Dessa vez, no entanto, era muito diferente: não se tratava de um livro, mas da impertinente vida real, com sua prosa — digamos — indigesta. O adjetivo não vai aqui gratuito: na hora em que me sentei diante de Virgília, senti o estômago doer — e não era de fome, ou má digestão, como de costume. Na verdade, o tempo parecia se arrastar, como nos pesadelos, pois o relógio de parede, que emoldurava o rosto e os cabelos daquela impressionante "aparição" (Virgília...), marcava simplesmente... dez horas da manhã!

Sorrindo, a bela diretora-substituta parecia ser toda ouvidos. Percebi então que seu espírito e sua elegância, personalíssimos, nada tinham em comum com a impessoalidade do ambiente. Deduzi também que não deveria ter mais do que quarenta anos e, pela segurança sem rugas à vista, pressenti que não parecia acostumada a lidar com negativas, ou portas demorando a se abrir à sua passagem. Mais do que bela, Virgília parecia investida do fascínio que tempera os mistérios do inverno e da noite. Seu sorriso, em compensação, tinha a clareza e a honestidade das manhãs.

E assim, talvez em homenagem a essa expressão honesta — ou talvez porque àquela altura eu já me sentisse de novo apenas um velho cansado —, decidi que lhe contaria a verdade, nada mais do que a verdade, como no mais confiável dos tribunais. Mas, como paciência e papel são hoje bens limitados, pouparei os dois (leitor e caderno) das repetições. Passemos logo ao capítulo seguinte, onde o rosto de Virgília assume uma expressão assustadoramente enigmática.

38.

É bem possível que falte à realidade a riqueza estilística da mentira — assim como a verdade desconhece a retórica tentadora da imaginação. Talvez por isso, a seqüência resumida de fatos que contei a Virgília tenha me soado tão suspeita e inconvincente — despertando em mim uma impressão de ridículo que fazia tempos não sentia. Por falta de recursos cênicos (e de alguns adjetivos adicionais), a sinceridade corre o risco de parecer artificial.

Virgília, no entanto, ouvia tudo aquilo com a mesma expressão firme e honesta, em que cintilavam sinais de uma divertida incredulidade. Certamente lhe era difícil aceitar que o mundo pudesse às vezes se mover segundo os critérios ilógicos mais adequados a um sanatório como aquele. Minha narrativa também contribuía para isso: ansioso pela situação, e fascinado por aquela visão de beleza à minha frente, eu não respeitava sequer a cronologia, descrevendo o conteúdo do tratado antes de mencionar o cada vez menos plausível dr. Faustino Xavier.

A certa altura, o rosto de Virgília assumiu a expressão enigmática mencionada há pouco. Ao ouvir o nome de J. Deus & Silva, sua expressão se contraiu, como se não fosse a primeira vez que lhe falavam dele. Mas nunca saberei o significado da alteração súbita: naquele momento, bateram na porta. Dois jovens enfermeiros (tudo era jovem e impessoal, naquele lugar) invadiram o gabinete e, sem reparar em minha existência, dirigiram-se a Virgília num tom menos de urgência do que de autoridade:

"Você vem com a gente. É o velho Xaxa, de novo!"

E, antes que a bela diretora tentasse sugerir que aguardassem, acrescentaram: "Vem agora!". Além de minha presença ali, a dupla parecia ignorar as noções mais elementares de hierarquia. Falavam com Virgília no mesmo tom desrespeitoso do grupo que havia me expulsado da Confeitaria, anos antes. Pelo visto, as exceções cada vez mais se confundiam com as regras... Mas o que efetivamente me assustou foi que Virgília parecia não se importar com aquela quebra do protocolo e da lógica — ou, quem sabe?, talvez estivesse apenas preocupada com a situação. O fato é que obedeceu, e com um breve sorriso, e quase sem me pedir licença, levantou-se e seguiu aquela ordem que (ao relembrar agora) não podia ser mais fria e impessoal.

Tratei de acompanhá-la de perto — embora, a princípio, apenas com os olhos e a intenção: não sei se por medo, desânimo ou pelo peso da idade, o fato é que meu corpo insistia em permanecer grudado à cadeira, como se fizesse parte de seu desenho original. Não por muito tempo, é claro. A curiosidade pôde mais do que os anos, o desânimo e o medo, e logo me levantei e, numa fração de segundo, como é típico dos pesadelos, observava a cena do corredor, através da porta que Virgília tinha deixado entreaberta.

Que cena, meu Deus!, digna de um de meus pesadelos da

infância. Um velho, magro e com ar de possuído, corria de um lado para o outro, num extenso corredor formado, não por paredes ou tijolos, mas pelos tristes e apáticos habitantes daquele casarão. "Deve ser ele, o tal 'Sacha'", deduzi quase sem interesse — ainda desconhecedor feliz de duas pequenas verdades: a de que o velhote na verdade era tratado por Xaxa; e que naquele infeliz estava a chave do mistério que havia me arrastado até ali. Mas isso, como quase tudo em minha vida, só descobri bem mais tarde. Na hora, achei apenas que estava perdendo tempo — um bem que costumam chamar de precioso e que eu, naqueles tristes dias, não fazia mais do que desperdiçar.

Achando que devia tomar alguma decisão, preparei-me para ir embora sem o menor alarde — como um ator que abandona a cena sem que os companheiros de palco e o próprio público percebam. Mas por certo já deveria estar escrito (em alguma cena do sinistro roteiro, que ainda tento em vão decifrar) que eu era o protagonista daquele drama, e que todos aqueles loucos e médicos eram, no máximo, coadjuvantes de um espetáculo que cabia a mim estrelar. Hoje desconfio (pior: *quase sei*) que não sairia tão facilmente dali. O espetáculo, afinal, precisava continuar.

39.

Dizem que tio Maria fez algum sucesso em seu tempo apostando em romances e contos a respeito da loucura e seus adeptos. Seus personagens preferidos variavam entre um psiquiatra com sobrenome de arma de fogo que encarcerava toda uma cidade, um doido que doava sua fortuna a um amigo e seu nome a um cachorro, e um advogado casmurro e "louco de ciúme" — repetição em que alguns viram apenas o equivalente literário de sua preocupação com o temperamento esquivo e anti-social do irmão caçula: meu avô, o Velho.

Li alguns desses livros, em bravas edições que resistiram ao tempo e ao cordão de silêncio e esquecimento com que tentam anular tio Maria, seu senso crítico e sua ironia fina. Os tempos modernos, reino da quantidade e da mentira, parece que não toleram nem grandes verdades nem tiragens pequenas. Hoje, neste quarto barato, penso naqueles romances como pequenos tesouros a que não soube dar o devido valor. Como me ajudariam agora, com sua lucidez e seu estilo, a descrever a insanidade que me coube enfrentar, e que se apossou dos últimos dias de minha vida!

Não era um louco qualquer, aquele velho magro, com ar de possuído, que corria de um lado para o outro, como num folguedo infantil. Nem eram comuns as palavras que repetia aos gritos, com um fôlego e uma obsessão incansáveis: "Eu está morto! Eu está morto! Eu está morto!". Para fins de registro, anoto-as aqui três vezes, apenas — mas ele parecia repeti-las ao infinito.

Eu *está* morto! Demorei alguns minutos (apenas os que gastei esgueirando-me até a pesada porta da saída) para perceber que havia na frase mais mistério do que um erro óbvio e elementar de concordância. A verdade era muito pior, e se revelou afiada e aguda em minha cabeça quando eu já punha a mão na maçaneta, para ganhar a rua. Onde eu vislumbrava apenas um engano gramatical, havia um monstruoso equívoco: tudo indicava que as palavras daquele velho faziam eco a outras, também absurdas, que eu tinha ouvido algumas vezes na vida — sendo a última naquela mesma manhã, a caminho dali. Tudo parecia levar a crer (e não era apenas minha vontade de que fosse assim...) que uma constituía a variante da outra: "O indivíduo é uma ilusão".

Tão logo se instalou no cérebro, aquela idéia me paralisou a mão, que em vão tentava buscar a saída. Ela permaneceu, por instantes, colada à maçaneta, enquanto a mente teimosa exercitava uma estranha combinatória com as duas sentenças: *O indivíduo* está morto... *Eu* é uma ilusão... Maldito J. Deus & Silva, que se fazia presente em toda parte, desde que seu livro nefasto tinha me chegado às mãos, dias antes! Falso ou não, o inconveniente escritor conspirava de fato contra os indivíduos — no mínimo, contra um deles: eu, o perigoso; eu, o individualista.

Não me teria sido difícil concluir, ali mesmo, que a onipresença daquela idéia — "os perigos do individualismo" — era, em si, uma ameaça. Pena que só tenha chegado a essa plena conclusão muito depois, quer dizer: tarde demais, como sempre. Na hora, não tive tempo: naquele exato momento, o velho magro passava diante de mim, aos pulos e gritos, com seu ar de possesso — e só me ocorreu pensar que *eu tinha que falar com ele*! Mas meu horizonte individual, àquela altura, já estava definitivamente comprometido e cerceado: assim que pus meus dedos no braço daquele ancião que eu supunha se chamar Sacha (mas era... Xaxa!), outros dedos se sobrepuseram aos meus, como numa cena cronometrada.

Suaves dedos femininos... Era Virgília.

40.

Dá-se o nome genérico (e excessivamente afrancesado) de marionete a todo boneco feito em madeira, pano ou outro material e suspenso no ar por fios presos à cabeça, membros e articulações, pelos quais um manipulador o movimenta segundo sua vontade. Pois foi assim, como essa marionete vernacular, sem desejo próprio, que me deixei levar naquele final de manhã por Virgília, pelos corredores sombrios daquela casa de loucos. Nem era a primeira vez, aliás: desconfiado e cético em relação às mulheres, deixei-me no entanto guiar assim por Maria Inês, Glorinha, Mariana... por qual delas não? Admito minhas quotas de culpa: se a um escorpião se dão chances, logo ele exercerá sua plena natureza venenosa.

Um títere... um fantoche... um mamulengo... nenhum sinônimo aliviaria em mim o pesado sentido dessa medonha expressão — "vocação de marionetes" — com que o padrinho Cosme explicava sua definitiva má vontade com aquela atividade menor, o teatro. Vocação de marionetes! Com que prazer eu lançaria hoje essas palavras ao rosto de todos esses homens-biscoitos que pregam e promovem a vida comum dentro dessa grande lata: o Mundo! Mas... que distância enorme entre nós — eles ainda viventes, e eu já morto.

Uma marionete. Assim também eu ia sendo levado por Virgília, bom cumpridor de meu papel, sem nenhuma consciência da cena, ou de minha tragédia. Ainda me achava embriagado pela recente revelação, a que tinha tido acesso a partir das palavras sinistras do velho Sacha — que, no fim das contas, era Xaxa. A embriaguez é, acima de tudo, a ausência de discernimento: de repente, eu havia descoberto que tudo aquilo tinha alguma ligação com Faustino Xavier, o livro maquiavélico que eu carregava comigo e o estranho comportamento das pessoas à minha volta — mas... *qual* ligação? Era como se eu estivesse de posse de uma chave, sem saber qual porta ela abriria.

A imagem é pobre, admito. Mas serve para descrever a situação, por sua singela clareza — e sobretudo pelo que aconteceu logo em seguida. Enlevado pelo contato feliz dos dedos de Virgília, não percebi para onde eles me conduziam. Quando me dei conta, as pesadas e mal conservadas portas do asilo já se fechavam atrás de mim.

Eu estava do lado de fora!

41.

Tinha sido expulso — e aquilo só fazia aumentar o mistério. Uma confusão de sentimentos tomou conta de mim, naquela hora. Devia ir embora sem qualquer resposta, ou voltar a bater absurdamente na porta? Enquanto decidia entre as duas humilhações disponíveis, ouvi a risada conhecida às minhas costas. Um riso sinistro e familiar — e espantosamente próximo. Era o velho Sacha, e sua voz vinha da segunda janela que dava para a calçada, sobre o muro não muito alto.

Nunca fui um bom jogador. Do espírito esportivo, retive apenas a facilidade de admitir uma derrota por antecipação. Ali, no entanto, tudo era diferente, inédito: parecia que eu estava jogando um estranho xadrez cujas peças variavam a cada lance. Pela primeira vez, senti-me desafiado pelo mistério, que eu de certa maneira sempre havia contornado. Esqueci as humilhações recentes, os fracassos literários e as trapaças de Maria Inês; esqueci, enfim, meus quase setenta anos e a hipótese nada remota do ridículo. Saltei o muro.

Caí sentado do outro lado, sem fôlego e — graças a Deus! — sem testemunhas. Ainda não tinha acabado de me erguer quando voltei a ouvir a risada sinistra e familiar. Dessa vez, pareceu-me funcionar como um chamado — e desde já adianto que atendi a ele. Para que me demorar mais, neste caderno que, a passos largos, vai se aproximando do fim? Ponhamos então, para efeito de resumo, que havia uma porta entreaberta, a não mais que dez metros da janela de onde vinha a voz do velho; que, estranhamente, não havia ninguém por perto, naquela ala; que não me foi difícil seguir aquele ruído e chegar ao cubículo irrespirável onde parecia estar à minha espera o homem que eu supunha que se chamasse Sacha — mas era Xaxa.

Foi assim: ele estava amarrado a uma cadeira de ferro que lembrava um instrumento de tortura, mas sua expressão era antes de recordação do que de sofrimento. Mal entrei, ele me encarou com olhos vagos que não estavam dispostos a pousarem em nada. Então, respeitosamente (não havia razão para agir de outro modo), dirigi-lhe a pergunta cautelosa:

"Posso falar com o senhor?"

Em vez de uma resposta, acabei obtendo um misto de fantasia e assustadora revelação.

42.

Eis o que me disse o velho (falava com pouco nexo, mas em português correto, e tinha um brilho forte nos olhos):

"Sua voz me soa familiar. Como tudo daquele tempo. Lembra a de alguém que conheci na juventude — e lá se vão mil anos! Eu trabalhava de escriturário numa importadora de manteiga argentina. Trabalho monótono, à base de contas, cobranças, lucros e expectativas de vendas. Um dia, o patrão me obrigou a levar pessoalmente algumas promissórias a um cliente mau pagador. Santo dia, aquele! Conheci um dos homens mais brilhantes de que já tive notícia. Fabricava biscoitos amanteigados, mas pouco sabia da arte de vendê-los. Os negócios iam difíceis, como tudo naquele tempo. Perdia-se em devaneios, como querendo saldar, com lembranças, dívidas que já não poderia pagar em dinheiro. Ficamos amigos: eu, que era jovem, também sonhava.

"Quando o conheci, parecia prestes a falir. Como tantos, por sinal, naquele tempo. Tinham invadido seu depósito, e destruído seu estoque de biscoitos — sua única riqueza. Sorria de um jeito lúcido e esquivo, como quem soubesse que não iria viver muito. E não viveu: teve apenas a duração de uns cem dias, da assinatura da concordata à morte isolada e voluntária, num quarto de hotel. Deixou-me as melhores lembranças, e um envelope de papel grosso com muitas folhas dentro. Pareciam os originais de um livro, as regras de um jogo, um manifesto literário... Que posso dizer hoje? Quando passei os olhos, senti que era um desses textos que, depois de lidos, costumam mudar o curso das coisas. Mas muitos detalhes se perderam, como tudo daquele tempo. Restou só o envelope, com a dedicatória."

Com a cabeça, apontou-me uma velha cômoda de ferro, cujas gavetas abri com ansiedade e curiosidade em excesso. Na primeira, nada encontrei além de naftalina e roupas fora de uso. Na segunda, porém, lá estava: um envelope de papel pardo e grosso, que o tempo tinha encarregado de escurecer, mas em cuja superfície ainda se destacavam, em caligrafia mais que perfeita, o que pareciam ser o nome e a autoria de um livro:

BRAZ, QUINCAS & CIA.

Abaixo do estranho título, vinha o nome inconfundível do Velho — ou, pelo menos, aquele com que sonhou se fazer notar no terreno em que o irmão maior — tio Maria — havia brilhado. Tudo aquilo me pareceu estranho — mas nada até então tinha se comparado, em estranheza, ao que li logo a seguir na dedicatória, feita no próprio envelope:

"Ao meu querido e jovem amigo Xaxa, com a admiração do..."

43.

Lá estava ela, a assinatura do Velho (tal e qual eu a conhecia de memória), arrematando aquela visão quase mágica! Tudo parecia indicar que eu tinha diante de mim o sinal mais concreto da existência do inusitado manuscrito, soterrado em silêncio na crônica pouco precisa da família — um texto que, se um dia fosse revelado, faria o mundo e a Literatura tremerem. Mas o fato era que nem uma nem o outro corriam qualquer perigo aparente: não havia nada dentro do envelope.

Uma estranha mistura de encantamento e frustração tomou conta de mim. Mal sabendo lidar com aquela alegria incompleta, espécie incomum de felicidade interrompida, não consegui fazer mais do que tornar a olhar para o ancião e dissipar a névoa que restava:

"Então, não é *Sacha*?..."

E ele, de cabeça baixa, olhos no chão, como se falasse sozinho:

"É *Xaxa*, de Xavier. Faustino Xavier!"

Em seguida, abaixando mais ainda a cabeça, mergulhou em tenebrosa apatia. E as portas de todo aquele mistério se fecharam novamente para mim.

44.

Que bom seria se tudo isso fosse apenas uma tentativa de escrever um novo livro — o nono — para quebrar meu desastroso jejum. Eu teria a meu alcance todas as chances de alterar o curso do enredo, quando o sentisse claudicar, ou se aproximar perigosamente do inverossímil. Neste ponto, por exemplo: eu poderia interromper o episódio do asilo e colocar o narrador em sua cama — transtornado, mas despertando a salvo de um pesadelo vagamente real. Mas o fato é que o mundo é suficientemente concreto e a vida realista demais para permitir essas manobras estilísticas.

Hélas! Resta-me sempre, é claro, a alternativa pouco elegante da mentira — mas a invenção nunca foi mesmo meu ponto forte. Sou, de resto, desde jovem, um repetitivo amante da verdade — que por sinal sempre me foi mais leal do que as mulheres.

Limito-me à verdade, então:

Sem encontrar resposta ou sentido para aquela charada de gosto duvidoso, vaguei durante horas pelas ruas daquele bairro decadente, antes de retomar o caminho de casa. Ali, como uma espécie (ainda imprecisa, àquela altura) de condenado, tratei de saborear cada detalhe do que via, como alguém que se despedisse. Foram momentos deliciosos, mas que afinal duraram pouco, como os melhores bombons.

A certa altura da caminhada, passou por mim um grupo de estudantes, em seus uniformes modestos, mas impecavelmente iguais. Pareciam felizes de serem tão parecidos e, de certa forma, de estarem tão interligados. Não pude deixar de reparar e constatar, com um suspiro pessimista:

"Ali vem o futuro!..."

Baixei os olhos. Para certos futuros (como para o sol e a morte), não se deve olhar muito fixamente.

45.

Quando cheguei em casa, a tarde caía. Quem também quase pareceu cair foi a boa e generosa d. Guiomar. Mostrava-se aflita, quando a encontrei junto à porta de entrada, certamente atraída pelos ruídos da chave na fechadura. Fiel e observadora como Argos, percebeu pela minha expressão que, ao contrário de Ulisses, eu não trazia vitórias nem grandes feitos na bagagem. Suas perguntas se limitaram a duas, rápidas e objetivas: se estava tudo bem; se eu queria comer alguma coisa.

Pobre e querida d. Guiomar! Por instantes, invejei sua pacata inocência, sua simplicidade sem transcendência nem mágoas — seu pequeno paraíso particular, definitivamente perdido para mim. Senti um aperto forte e ácido no estômago — e, ao menos dessa vez, parecia um sinal menos de angústia do que de fome. Eu tinha passado o dia sem comer, alimentado apenas pela vontade de entender aquilo que, mais e mais, escapava ao entendimento.

Mergulhei a mão direita no bolso do paletó de lã, onde os

mistérios se multiplicavam: junto com o livro de J. Deus & Silva, senti vagamente o velho envelope, pardo e grosso. Sorri (pela primeira e última vez) de minha fracassada odisséia. Eu tinha saído de casa, naquela manhã, levando comigo um enigma — e retornava agora com dois.

Sem butim nem relato de conquistas, limitei-me a acompanhar d. Guiomar, que me anunciava que nem tudo estava perdido — pelo menos, não a sopa de ervilhas preparada para o almoço, que ainda poderia ser salva...

46.

(Pensando melhor: eram três os mistérios que eu trazia comigo. Além do livro e do envelope, havia o fascínio que a poderosa diretora tinha exercido sobre mim.

Virgília!)

47.

Stevenson dizia que todo livro, no fundo, é uma carta particular, remetida a um amigo determinado. Ao público-leitor, caberia apenas o generoso papel de patrocinar as "despesas postais". Pueril nos livros de aventura, Stevenson era certeiro nos comentários sobre arte e vida: de minha parte, pelo menos, sempre escrevi para poucos, e às vezes para ninguém. Na verdade, só monstros de escuridão ou arrogância, como J. Deus & Silva e S***, pretenderam escrever para as massas, esse monstro voraz e sem face.

Agora, inclusive: escrevo especialmente para você — que, menos do que um leitor, é ainda uma hipótese, construída com meus poucos recursos de esperança e temperada pela vontade teimosa de que um dia me leiam.

É então com você, leitor-hipótese, que preciso dividir as perguntas inúteis que não consegui engolir, junto com a bem-intencionada sopa de ervilhas de d. Guiomar:

Onde teria ido parar o texto polêmico do Velho, em cuja

existência nem a própria família acreditou, durante décadas? Quem estava por trás da desastrada tentativa de fazê-lo chegar até mim — se é que disso se tratava? Por que esse "mensageiro" tinha escolhido trama tão rocambolesca, envolvendo nomes falsos, livros apócrifos, advogados sem caráter e um velho sem saúde?

Seria alguma tentação de Deus, para me pôr à prova? Ou, quem sabe, o golpe humilhante de algum inimigo? Ou teria caído afinal na armadilha de forças poderosas que a gente simples, à falta de maior ciência, chama de bruxaria?

(Não vá o leitor pensar que, a essa altura, eu não desconfiasse que havia em tudo aquilo algo de intencional. O fato de ser a um só tempo escritor, velho e solitário não comprometia minha capacidade de discernimento — ao contrário, punha-a mais aguda.)

Mas ainda havia mais (já que estava mesmo a fazer tantas perguntas): que chances eu poderia ter com a bela Virgília?...

Perguntas sem resposta são como feridas incuráveis: nem esse santo remédio — o Tempo — tem grande poder sobre elas. Cheguei a supor que poderia retomar minha rotina do ponto exato em que estava, antes de entrar em cena o primeiro Faustino Xavier (e, sem dúvida, o mais falso deles). Não era nenhum grande espetáculo, é claro — mas ao menos o último ato prometia se desenrolar sem sobressaltos. Àquela altura, eu era já um Robinson Crusoe que não sonhava mais com a volta a nenhuma Inglaterra.

Não tive direito a mais do que um brevíssimo entreato. Quando o espetáculo recomeçou, dali a três dias, descobri que os diálogos e as rubricas estavam sendo escritos por alguém que me negava o direito a viver numa (ou a *ser* uma) ilha deserta. Constatei que o demônio coletivista continuava decididamente, definitivamente, no meu encalço.

48.

Quando o homem substituiu o essencial pelo contingente, o universal pelo conjuntural e o eterno pelo histórico, estava preparando o terreno para a modernidade. E, quando a isso veio se unir a superstição de que entre as tardes e as manhãs ocorrem fatos que é uma vergonha ignorar, a proliferação da mídia, à maneira de uma praga, foi mera questão de tempo — e o mal não necessita mesmo de um prazo muito longo para se instalar.

Três dias: não foi preciso mais do que esse breve intervalo para minha rendição definitiva ao inimigo. Após três modestos dias de sossego (ou prazer similar que minha alma atormentada permitia), foi por meio de um jornal popular que eu confirmei, sem esperança de engano: o que fosse que estivesse para acontecer... já havia começado!

Fazia anos que tinha perdido o hábito insalubre de ler jornais — sobretudo os do dia, sobretudo pela manhã, durante o desjejum. Além de todos os inconvenientes de ordem filosófica, sempre detestei o fato de que sujam os dedos, mais do que a pior das torradas encharcadas de manteiga barata. Mas, se eu já tinha argumentos de sobra contra esse mau costume, naquela manhã recebi de graça — por "engano ou cortesia" — a prova definitiva: a mídia é o mal, neste século desonesto.

"Foi engano, ou cortesia": assim se expressou d. Guiomar, apontando os motivos para a presença de uma edição diária popular na mesa do café, na manhã daquele terceiro dia. Por engano ou cortesia (e, para a velha e boa criada, que outras razões haveria, em seu mundo isento de má-fé?), alguém havia deixado aquele exemplar sobre o tapete de limpar os pés, junto à entrada social. E foi graças a isso que descobri, na despudorada manchete garrafal, que haviam encontrado o cadáver de um velho não identificado, boiando nas águas escassas de um chafariz, na pracinha de um bairro não muito distante daquele do nefasto e decadente asilo da G***.

Certamente, essa última referência, geográfica, não estava incluída na notícia. Fazia, já, parte do meu espanto, quando reconheci na foto o cadáver do velho Xaxa.

49.

O velho Xaxa: era ele mesmo, sem chance de erro! Às circunstâncias misteriosas e ainda desconhecidas de sua morte, a matéria acrescentava apenas que o corpo trazia tatuadas, no braço direito, marcas que pareciam três letras: *B Q C*. E, antes que o leitor enverede pela trilha das especulações, facilito as coisas, adiantando desde já a dedução claríssima que o pavor instala na alma dos homens. Em questão de segundos, com a xícara ainda suspensa no ar, tive a certeza de que o *B* era de Braz, o *Q* de Quincas e o C... da sigla Cia., que arrematava o título do suposto livro perdido de meu avô, o Velho.

O cerco parecia ir se fechando, como nos sonhos ruins. Diante da necessidade de tomar alguma atitude — é o que sempre se exige dos homens, em tais situações —, escolhi a única medida que me ocorreu, e que ainda não sei se foi de fato a melhor. Sei que foi dramática e fatal: liguei para o asilo — quer dizer, para o número impresso do cartão do falso dr. Faustino Xavier, pelo qual havia entrado em contato com o outro Faustino, que agora não era falso ou verdadeiro, mas simplesmente um morto.

Liguei. E ouvi, na voz gravada e impessoal do serviço telefônico, que aquele número se encontrava "temporariamente desligado"!

50.

Pronto! Minha vida comum, cuidadosamente tecida sem bravatas de heroísmo barato, sem os rompantes épicos de um Ulisses ou um Carlos Magno, parecia subitamente contagiada pela vulgaridade dos romances de mistérios. Cadáveres sem nome, manuscritos incompletos, revelações interrompidas... Mulheres enigmáticas e sedutoras... Confesso que era demais para um modesto servidor da grande arte das letras.

Pior do que escrever "tais livros" (como sempre os chamei, não sem pitadas de desprezo) era sentir-me personagem de um deles. Em "tais livros", não havia lugar para angústia ou estados de espírito elevados — nem mesmo os previstos no Código Civil. Os homens eram movidos por dinheiro e as mulheres por vaidade ou ambição. Para "tais livros", o mundo se resumia a um punhado de interesses mesquinhos — em compensação, tudo parecia lógico e provido de significado, com evidentes vantagens práticas sobre a vida real. A lista seria longa, mas basta por ora acrescentar que, em “tais livros”, quando tudo parece perdido e longe de qualquer solução, um telefone costuma tocar.

E o meu, de fato, tocou. E era Virgília.

51.

Na hora, não pude expressar todo o meu desconcerto — nem poderei aqui: a ligação estava ruim, e percebo que o caderno acaba. Ponhamos então, apenas, que Virgília parecia aflita: disse que precisava me encontrar, com urgência, e que o assunto era o manuscrito de meu avô, o Velho.

Enigmas e mulheres têm em comum o enorme talento para a sedução. Juntos, costumam se tornar irresistíveis — e esse era o caso. Antes que a ligação caísse (Virgília mal parecia me ouvir), marcamos um encontro para aquela mesma tarde.

À escassez de papel, sacrificarei o suspense: o encontro nunca chegou a acontecer. Também por falta de espaço, não poderei descrever a lentidão com que se arrastaram o resto da manhã e o almoço. Mais tarde, na avenida barulhenta, já a caminho do lugar combinado, ponderei que aqueles (que estou dizendo?: *estes*) eram (*são*) tempos difíceis para a literatura e o amor. Qualquer um que se lançasse de peito aberto sobre a brancura do papel, ou cedesse aos apelos da mais profunda beleza, seria um homem marcado.

Era assim que, cada vez mais, eu me sentia: vítima de um estigma, impossibilitado de viver num mundo em que as buzinas atraem mais atenção do que a verdade — e o sucesso fácil mais ainda do que as buzinas...

52.

De todos os pesadelos que marcaram o século XX, o automóvel perde apenas — em número de vítimas — para o coletivismo. Nem Hitler, figurinha fácil da primeira metade da centúria, levou tão longe seu flagelo. No entanto, nem a "sociedade perfeita" nem a "máquina letal" eram tratadas com rigor crítico semelhante ao devotado ao *Führer*. "É uma pena que hoje os homens desprezem tanto as estatísticas, quando elas desmentem seus preconceitos morais", pensava comigo enquanto entrava na Cafeteria V*** para me encontrar com Virgília.

Na verdade, aquela reflexão abrangente cumpria a pouco nobre missão de encobrir outras perguntas, bem mais imediatas. Por exemplo: depois de manter fechada durante longo tempo a velha pasta de couro alemão que herdei de meu pai, eu estaria mesmo disposto a desvendar aquilo que sempre conheci, desde criança, como "a história da melancolia familiar"? Se essa história estivesse mesmo escrita, eu estaria realmente pronto para folheá-la?

Se estava ou não, nem cheguei a saber: como já disse, Virgília não compareceu, substituída inesperadamente por uma senhora distinta, bonita e aflita — e que, tão logo entrei no salão, acenou para mim.

53.

Era uma velha elegante, magnífica, e seus olhos grandes, que pareciam ter sido infinitos, faiscavam num misto de devaneio e sinceridade. Sonhavam, mas faziam questão de deixar isso claro. Já a dona dos olhos se empenhava em ser bem mais objetiva — e parecia aflita, e apressada.

Chamava-se Conceição, e era tia e madrinha de Virgília — a quem tinha ajudado a criar, como a filha que nunca teve. Sem reparar no potencial de estereotipia contido naquela definição, logo me deixei envolver pelo relato da mulher. Reproduzo-o aqui de memória, embora saiba que a memória é eterna, como um castigo implacável. São dela as palavras — por mais que a letra seja a minha:

"Desde pequena, a curiosidade era uma forma de amor que movia Virgília, e que mais tarde a levaria aos estudos, à introversão — e à desgraça. Minha sobrinha amava as plantas e os animais que dividem o mundo com os humanos. Gostava das flores e das ervas daninhas que atacam o gramado da quinta em que vivíamos, e também os insetos e répteis pequenos, que nela inspiravam mais fantasia do que medo. Mas, entenda: o que Virgília amava em tudo aquilo era a diversidade, a variedade de estados possíveis de existência. Foi a matemática que a perdeu — a lógica das quantidades. Até conhecer aqueles pervertidos do Grupo, nunca tinha atribuído tanta atenção à idéia de Número.

"No início, Virgília assegurava que tudo parecia simplesmente um jogo — um esforço de somar energias individuais pensantes para produzir massa crítica racional, como só uma coletividade seria capaz. 'Golfadas benéficas de maioria' — era como minha afilhada resumia a proposta. Um jogo, dizia sempre, uma vontade lúdica de aperfeiçoar o mundo. Mas logo percebi que era coisa mais séria. Seus olhos pararam de brilhar como antes, e ela já não me ouvia — como se minha opinião não tivesse mais a relevância de antes.

"Virgília se tornou então mais severa consigo mesma, dizendo-se ligada a compromissos e estatutos intransponíveis, porque respaldados por um grande número de criaturas — 'seus pares', como ela os chamava. E repetia, sempre que eu me opunha àquilo, que o mundo só se tornaria feliz (e sublinhava: 'essencialmente racional') quando todas as individualidades se somassem num grande radical composto, numa espécie de amálgama consensual. Pelo cenho franzido e o ritual de angústia implícito em seus olhos, posso jurar, meu senhor: ela não estava brincando!"

O leitor, sempre atento, há de reconhecer, nas palavras da boa madrinha da moça, toda a monstruosidade do livro de J. Deus & Silva. Quando a bela d. Conceição fez uma pausa para sorver um gole do chá que esfriava em sua xícara, aproveitei para lançar a pergunta, cuja resposta no entanto já sabia:

"Então, o asilo também faz parte do projeto?"

"Infelizmente, sim. Pobre Virgília! O cargo na diretoria é apenas fachada", ia dizendo d. Conceição até que inesperadamente se calou, fixando os olhos terríveis na xícara suspensa à sua frente: "Mas que sabor absurdo! Como podem nos servir *isso*?!".

Impressionado pelo relato dramático (e, admito, pela personalidade daquela mulher), apressei-me em chamar um garçom e reclamar que o chá estava — segundo as próprias palavras de d. Conceição — "indescritível". Infeliz decisão: a expressão que vi no rosto do moço parecia, de alguma forma, fazer eco à história de Virgília. Ele recuou dois passos e me encarou:

"Impossível, senhor! *Todos* sempre elogiam nossos produtos" (e fez um gesto largo abrangendo todo o salão). "Francamente! Como haveríamos de levar em conta uma opinião isolada, como a sua?!"

D. Conceição tentou ainda apaziguar os ânimos do garçom, cujas faces ferviam de afetada indignação. Garantiu que, no fundo, a bebida não estava "tão ruim assim". Mas, pelo visto, era tarde: algo já havia se quebrado, no consenso opressor que parece reger esses tempos. Logo tivemos que nos retratar — ou, se preferíssemos, abandonar o recinto.

Optei pela primeira hipótese — embora ela fosse mais difícil de engolir do que o próprio chá. Fomos levados a tecer alguns elogios à casa, ao lanche inócuo e ao chá inconsistente, substituindo nossos adjetivos pelos que vinham sugeridos num "Folheto regulador" que nos foi entregue. Tudo em nome da "unanimidade perfeita e positiva", como escandalosamente a definiu o gerente, que selou nossa vergonhosa rendição.

Jamais pretendi abrir mão de minha dignidade. Na hora, porém, o importante para mim era ouvir, até o fim, o relato de d. Conceição sobre Virgília — já com a incômoda sensação de que estávamos, de alguma forma, participando daquele jogo sinistro.

54.

Jogo do Número, Jogo do Grupo ou Razão das Maiorias — foram vários os nomes que d. Conceição empregou, para definir o que estava na raiz dos "infortúnios de minha pobre afilhada". Nenhuma surpresa nisso: o nome do mal é sempre Legião.

"O cargo na direção do asilo era algo pior do que simples aparência", prosseguiu a mulher. "Representava um castigo para Virgília, uma espécie de última chance de retratação. Ela estava a ponto de ser incluída no Nicho dos Perdedores, os irrecuperados.

"Sei o que o senhor estará pensando: mas não se tratava apenas de um jogo?! Eis todo o drama, meu caro: já não se trata de uma brincadeira de salão, como prometiam no início — um modo lúdico e inofensivo de aperfeiçoar o mundo... Mentira! Aquilo se tornou um pesadelo à luz do dia, daqueles de que não se pode mais despertar. Quando o acaso o levou até o asilo, Virgília logo viu no senhor a última esperança. Por isso ela o procurou!"

Interrompi-a para fazer a pergunta que só meu espanto, meu cansaço e a determinação de d. Conceição tinham conseguido retardar: afinal, onde estava Virgília?... Mas sua resposta foi desanimadoramente vaga:

"Conheço minha afilhada o bastante para saber que ela está em perigo... Será que ainda temos tempo de ajudá-la?"

Tentei repetir a pergunta:

"Certamente, senhora — mas onde el...?"

D. Conceição não me deixou prosseguir, com um gesto grandiloqüente e palavras não menos pomposas. Com a mão direita fechada e apertada contra o peito, explodiu, chorosa:

"Será que o senhor não entende o que ela está na iminência de fazer?"

E, sem me dar tempo:

"Matar-se! O ritual do suicídio originário. Parece que se recolhem a um canto isolado de todos e ingerem algum tipo de veneno, repetindo a atitude do Patrono-Fundador — um escritor frustrado do início do século, que se matou sozinho num quarto de hotel."

"O Velho!", exclamei com espanto, com o ar de quem se sentia de alguma forma tributário daquela responsabilidade... Não pude dizer mais nada: bruscamente, d. Conceição se pôs de pé e, sem que eu pudesse reagir, precipitou-se porta afora. Parecia aos prantos.

Disposto a não perdê-la de vista, levantei-me o mais rápido que pude para segui-la. Mas o sinistro gerente me interceptou:

"Tentando sair sem pagar...?!" — e sua expressão era cínica, infame.

55.

Doeu-me bem menos, na hora, a acusação absurda daquele homem do que não encontrar nenhum sinal de d. Conceição, quando afinal saí à rua. Mas o que de fato me atormentava era aquela sensação de romance policial barato, que crescia a meu redor e me engolia. Ter lido tão poucos (vaidade que sempre ostentei, desde jovem) não era nenhum consolo, nessa hora. E havia ainda o agravante de que a vida real costuma abrir mão da simplicidade linear que se esconde por trás da mais rocambolesca ficção. É que os livros, mesmo os baratos, sentem-se obrigados a ser lógicos, enquanto a realidade dispensa esse detalhe.

Qualquer autor deixaria, numa situação como aquela, um vestígio qualquer para que o personagem prosseguisse na busca e cumprisse afinal a tarefa de não decepcionar os leitores. Mas se eram essas suas expectativas, leitor atônito, lamento: você escolheu o livro errado. Parado na porta da Cafeteria V***, eu não vislumbrava nenhuma hipótese de reencontrar d. Conceição e ajudar sua encantadora afilhada. Pondere comigo: eu não sabia sequer o sobrenome de Virgília, e meu único ponto de contato (o telefone do asilo) permaneceria desligado pelos dias que se seguiram a tamanha confusão — e nos quais fiz todo o esforço possível para tentar levar uma vida normal.

56.

Não era tarefa assim tão impossível, convenhamos — nem insensata. Afinal, aquele torvelinho não tinha me roubado mais do que duas semanas, embora haja quem diga que basta um minuto para se mudar a face do mundo. Além do mais, o caráter absurdo de todo o episódio destoava — e como! — da monotonia organizada que havia sido sempre minha vida. Não seria difícil reencontrar o fio fácil de uma rotina tão barata.

Agarrei-me o quanto pude a essa modesta esperança — e, num primeiro momento, a engrenagem do enigma, que cheguei a supor invencível, pareceu-me inerte e neutralizada. Para cumprir minha parte, esforcei-me para acreditar que tinha amigos, desejos, projetos. E até resgatei a idéia de que meu futuro incluía, para dali a dois meses, a participação num Congresso de Escritores em Madri. Viciado em destilar um honesto desprezo pelo mundanismo, dessa vez no entanto preferi assumir tal viagem como uma espécie de passaporte para me trazer de volta ao reino comum dos mortais, onde tramas absurdas não eram um hábito.

Só não sabia ainda que, muito antes da hipótese de embarcar, voltaria a sentir fortes turbulências.

57.

Se um passaporte metafórico veio em meu socorro, um outro — mais burocrático e real — reabriu-me as portas da tragédia. Lembrei-me de que no mês anterior havia pedido a um despachante a renovação de meu documento de viagem — que, no fim das contas, eu usava tão pouco. Num mundo só de sedentários como eu, a aviação comercial teria poucas chances. Mas o momento era outro, e pedia um pouco de ação. Decidi ir, pessoalmente, pegar o novo passaporte.

58.

Foi assim: no Departamento da P*** F***, instalado na assustadora Praça M***, a fila não chegava a ser grande, mas andava estranhamente devagar no salão quase vazio. Talvez tenham sido então a lentidão e o silêncio ambiente que me levaram a prestar atenção em três jovens que entraram junto comigo e se instalaram na fila, justo à minha frente. O ritmo monocórdio e disciplinado da conversa se destacava sobre o volume discreto de suas vozes.

Não usavam nenhum uniforme, mas algo em seus modos e roupas conspirava contra a diversidade e a liberalidade irrestrita da moda. Enfim... por que alinhar razões, ou pretextos, para justificar minha indiscrição de ouvir a conversa alheia? O fato é que a curiosidade pôde mais do que as boas maneiras. E, então, ouvi.

Falavam de jogos, da tentativa lúcida de aprimorar o mundo... e de Braz e Quincas, como posições estratégicas no "Jogo da Companhia". ("O Velho!", sempre ele.) Posso lhe garantir, leitor: comentavam nada menos do que os fracassos recentes na "última rodada do Jogo" e — com requintes de sarcasmo — ironizavam a falta de empenho da "jovem coroa". ("Virgília...?") Aproximei-me o quanto pude, para não perder nem uma vírgula — e, na verdade, não sei como prosseguiam, indiferentes ao meu ouvido indiscreto:

"Do jeito que está, com tantos fracos e perdedores, logo vai estar faltando *amido*!", disse o mais velho do grupo.

"Não tem problema", comentou outro deles, mais jovem. "Eles que se matem de outras formas..."

Deram então uma risada, em afinado uníssono, que pressupunha muito ensaio e uma boa dose de falsidade. Hoje, nem imagino o que iriam dizer a seguir: o fato é que a fila andou, e os três se aproximaram do balcão, como se pudessem ser atendidos ao mesmo tempo. Se o foram ou não, confesso que nem reparei, atordoado com a peça que o acaso estava me pregando. Mas não pude deixar de reparar, assim que se afastaram, no envelope grosso e pardo que esqueceram sobre o balcão.

"O próximo!", alguém gritou, trazendo-me de volta à realidade da fila: tinha chegado minha vez. Aproveitei que as atenções e os olhos da funcionária se concentrassem na tela do computador para colocar sob o braço esquerdo o envelope deixado pelos "jogadores", como se fosse meu. Quando a moça se voltou para mim, sem sorrir, perguntando meu nome, nada na cena parecia denunciar aquele meu furto perfeito...

Então, aconteceu:

Depois de apertar muitas teclas com a elegância estudada de quem sabe que a observam, a jovem tratou de conferir meu nome, mais uma vez. Quando repeti, acrescentando minha data de nascimento (como mais um elemento de referência e ajuda), ela me olhou irritada, ou mesmo vagamente ofendida:

“Meu senhor, tenho mais o que fazer do que servir de platéia para a terceira idade! Se o senhor for de fato quem diz ser...”

Atônito com a falta de modos da moça, estendi-lhe o protocolo com a mão direita. E ela:

“O número confere... Mas, pelos nossos registros, já faz duas semanas que o senhor está morto!”

59.

Morto! Morto?! Isso mesmo: morto!!

Uma informação errônea ou um mal configurado erro havia decretado minha morte como tendo ocorrido semanas atrás — e, automaticamente, havia cancelado meu pedido de passaporte. E, como a eficiência tecnológica conspira contra o indivíduo, a informação acabou repassada para todo o sistema de dados do Estado — que, ultimamente, vinha apostando na agilidade e na automação. Em suma: até prova em contrário, eu tinha deixado, oficialmente, de existir.

60.

Sempre gostei de ordem e disciplina: gavetas arrumadas, trens pontuais, cadernos pautados. Viver, agora, o avesso desse rigor (pior: habitar o avesso de *tudo*), tendo como consolo exclusivo este caderno sem pauta, e que rapidamente se aproxima do fim: eis a face mais terrível desse meu suicídio sem cadáver — dessa vida que me sobrou, após a morte. Não restou tanto assim: bastante tempo livre, e este caderno.

Mas vejo que estou, mais uma vez, divagando, e o caderno se aproxima definitivamente do fim, embora ainda me reste tanto para contar. Relembro a lição *in extremis* do Velho, que antes de fazer o que fez lamentou que as coisas nunca chegassem ao final — mas, simplesmente, acabassem.

À história, então, resumida:

Saí humilhado e ofendido da P*** F***. Caminhava aos tropeços, e tive grande dificuldade de fazer parar um táxi e lhe dar meu endereço. E o sentimento de confusão só aumentou quando examinei finalmente o conteúdo do envelope furtado.

Nele, havia um saquinho plástico cheio de um pó branco: sem dúvida, era o tal *amido*. E um calhamaço de folhas manuscritas que nem precisei examinar muito para me certificar: sem dúvida, era o Jogo do Velho!

61.

Confúcio aconselhava ao Imperador jamais rir onde não houvesse vestígio explícito de humor. Peço-lhe o mesmo, leitor: tudo isso são fatos. Lá estava eu, na condição ridícula de morto, carregando um manuscrito em cuja existência os próprios descendentes do autor jamais acreditaram. No caminho até o bairro do F***, fiz uma leitura ansiosa e superficial — mas suficiente para avaliar seu teor: em letra miúda e boa prosa, talvez aprendida com o irmão, tio Maria, lá estava a descrição (a filosofia, os objetivos, as regras) de um extravagante jogo, que o Velho sonhava ver em prática nos salões da nascente República.

Era, acima de tudo, um jogo assustador. Ei-lo, num resumo precário (o caderno acaba): no início da partida, cada participante recebe um "papel básico" que deverá encarnar. Mas, ao contrário das brincadeiras comuns, não se trata de nenhuma disputa: o inesperado objetivo é fazer com que os participantes anulem suas diferenças até formarem, todos, um único personagem, violentamente coletivo, indistinto — a Companhia.

Aquele que não consegue se integrar a esse amálgama abominável é então convidado... a se auto-eliminar.

(O texto não se referia propriamente a nenhum *amido* — mas essa devia ser uma contribuição dos discípulos do Velho, em homenagem a seus biscoitos finos.)

O caderno vai chegando ao fim — então, eis o resto:

Há um momento em que tudo acaba, e a derrota final se precipita — inevitável, sem volta. Para o Velho, consta que esse momento chegou quando ele comparou as despesas que teria em reerguer a fábrica destruída e o pouco que lhe restava na coluna magra e modesta da receita, em seu Livro-Caixa. Estava falido, e os novos tempos que se anunciavam definitivamente não o incluíam. Para mim, a mesma certeza ocorreu nessa volta para casa, ofendido e humilhado — e, além de oficialmente morto, atordoado com a existência do Jogo.

Se tantos filósofos já lamentaram que as palavras nem sempre correspondem à esfera do real, não posso dizer — examinando de perto — que fosse meu caso. Eu já não estava tão vivo assim: mais do que nos registros civis, a morte já havia atingido meu ânimo, minha vontade de compreender, minha esperança num próximo livro, e até minhas chances de reencontrar Virgília... Eu era agora, no máximo, um estranho animal tentando ser livre e independente, num mundo cada vez mais condenado a ser igualitário e coletivo. Os esdrúxulos comparsas de Virgília (ou diria melhor... seus algozes?) não viriam no meu encalço, para me matar — porque *eu já estava morto*. E assim, de certa maneira, continuo. Morto — e sobretudo cansado.

O caderno acaba. Então, adeus, leitor: talvez não tenha tempo, nem ânimo, para obter mais papel — um outro caderno, ao menos, onde pudesse contar a tragédia completa. E, como esta não é mesmo uma história plausível (nunca o enganei...), mas apenas minha história real, não vejo problemas em arrematar dizendo que aproveitei, na última jogada, as cartas que ainda tinha em mãos — e que incluíam o texto do Velho e o estranho pó que levava os perdedores ao suicídio. Não foi difícil escolher o quarto barato, num hotel da L***, vestir minha melhor casimira e trazer comigo este caderno que agora termina e as regras daquele Jogo que sonhava se tornar eterno.

Quando cheguei ao saguão, lá embaixo, uma velha TV mostrava a reportagem sobre um suposto maníaco que andava assassinando meninas. Um psicólogo explicava, a respeito: "É preciso desconfiar sempre de pessoas solitárias, esquivas ao convívio social!". Ao fundo, um rádio que parecia vir do passado deixava no ar uma canção muito antiga:

Foi assim, a lâmpada apagou,
A vista escureceu...

Percebi, naquela trama de acasos, que eu e o mundo nos despedíamos um do outro, num ritual vulgar temperado pelo que havia de pior nesses tempos: a mídia, em todo o seu mal. Ainda folheei uma vez mais as regras do Jogo. Pareciam destituídas de bom senso — mas não, inteiramente, de utilidade: mais tarde, quando a polícia encontrasse meu corpo, aquelas páginas poderiam funcionar como um sinal de alerta — se ainda houvesse tempo ou algum interesse. E tinha ainda a vantagem de não deixar minha morte sem explicação — como havia ficado, até então, o suicídio do Velho. Um dia, aos prantos (o caderno acaba!), contrariando a discrição impecável que sempre o marcou, ele se despediu dos seus, sem assumir que se despedia (o caderno acaba!). Sorriu e se retirou, dizendo apenas, como um cumprimento, que era impossível continuar vivendo (o caderno acabou!) num mundo cada vez mais parecido com seus pesadelos.

2. O SILÊNCIO DAS MASSAS

Já não há protagonistas: só há coro.

Ortega y Gasset

1.

Havia algo de falso na casa dos Villaça, e não estava nas bebidas caras ou nas iguarias finas, servidas com ostentação — nem vinha dos lampiões semielétricos, raros ainda numa sociedade iluminada a gás. Falsa era, acima de tudo, aquela diversidade aparente de almas, roupas e opiniões — como era falsa, também, a alegria que fingia igualar anfitriões e convidados. Estar alegre, afinal, foi sempre uma das variantes do egoísmo humano: para o que mais serve o riso, se não para desnivelar as pessoas?

Com a pena da melancolia e a tinta da galhofa, assim escreveu naquele tempo o Velho — meu avô — no Prefácio a *Braz, Quincas & Cia.* — a falsa ficção, o Jogo maldito. Era isso, ao menos, o que eu supunha, quando o li sem acreditar, naquele (*neste*) quarto barato, antes de tomar a dose letal que me cabia — e foi o que de novo supus, quando tornei a ler, sem acreditar no que lia e, sobretudo, sem compreender sequer por que ainda estava vivo.

Li, então, que desde jovem meu avô (já precocemente cognominado O Velho) acompanhava tio Maria em sua rotina de aplausos e elogios pelos salões da época. Duas e até três noites por semana, um quase ensaiado ritual de vaidade (para tio Maria) e de inveja (para o Velho) registrava a entrada dos dois irmãos nos melhores saraus da Corte. Por trás de uma introspecção prematura, meu avô acompanha o rendilhado vazio de palavras que ia sendo tecido (mais que tecido: bordado) em torno do talento do irmão. Mesmo na mansão dos Villaça, onde a variedade era a marca, a cena se repetia — cabendo ao Velho, no máximo, "alguns farelos de adjetivos, gastos e sem sabor", e invariavelmente restritos a seus deliciosos biscoitos.

Ninguém — e menos ainda os Villaça — parecia enxergar no Velho um escritor que se debatia, tentando respirar, à sombra sufocante de um irmão mais famoso. Parece que nem mesmo tio Maria usou da pena ou da voz para incentivar publicamente o caçula, ou para defendê-lo de acusação de plágio, quando lançou seu magro e único livro. De acordo com o que estava escrito no Prefácio ao diabólico *Braz, Quincas & Cia.* (e que eu lia e relia, sempre sem crer), também ele se limitava a elogiar vagamente os biscoitos. "Não há melhores na Corte", dizia — e nada mais. O Velho se encolhia, a cada raro elogio, e todos não iam além de supor que reagia assim por timidez, ou mesmo por satisfação. Mas só ele poderia dar conta do "abismo amargo e indigesto" que o distanciava do irmão. E talvez tenha sido de fato (como está escrito no maldito Prefácio) para compensar tantas diferenças que o Velho começou a sonhar com as chances de um igualitarismo progressivo — como nos meus pesadelos.

2.

Escrever o quê?

Que um simples tijolo pode valer mais do que todo o edifício?

Metáforas arquitetônicas à parte, sei que tão difícil quanto acreditar em tudo aquilo (que estou dizendo?: em tudo *isto*) que li e reli no manuscrito do Velho é esperar que você venha a fazer o mesmo, leitor fiel, repetindo a dose generosa de crédito e atenção neste novo caderno, que consegui ao sair — e que não foi comprado, achado ao acaso ou roubado, com sabor de travessura de infância. Não: ele me foi *imposto*, como uma revelação, condenando-me agora a escrever, mais que um novo caderno, um livro diferente, com uma nova numeração, para desmentir o anterior.

Não pense que minto ou exagero — mas tampouco espere que eu revele, desde já, tudo o que me ocorreu, depois que o abandonei aqui sozinho, virada a última página, sem uma linha a mais sequer. Saí para a rua assustado, sonhando com a hipótese assombrosa de um mundo imortal, sem indivíduos e, eventualmente, sem cadernos disponíveis. Quando voltei, tudo havia mudado: eu tinha um novo caderno, uma nova história e a necessidade (pior: a obrigação) de contá-la. O cenário de ruínas ao redor — também chamado de "mundo" — agora ameaça se erguer em novas bases, estranhas e inéditas, e ainda mais terríveis.

Então... escrever o quê?

(Certamente, o Velho terá se perguntado o mesmo, ao ver que os aplausos, além de raros, limitavam-se a seus delicados biscoitos.)

3.

Mais do que polcas, valsas e vilancetes, era a vaidade que ditava o compasso dos saraus, na mansão dos Villaça. Dela vinha, também, o tempero principal da comezaina (palavra tão ao gosto da época) servida sempre com requintes de excesso. Eram tempos marcados por uma vontade sem limites de projeção e destaque. Eram tempos difíceis para a literatura — e difíceis também para a franqueza. Qualquer um que se lançasse de peito aberto sobre a brancura do papel, ou cedesse aos braços semi-abertos da sinceridade, era um homem condenado.

Assim estava escrito no maldito Prefácio — embora, em face do que se passou desde então, "aqueles tempos" hoje pareçam só verdor e pastorinhas. Encolhido a um canto do salão, o Velho também se embriagava com a variedade ofuscante das sedas, rendas e casimiras, das viandas, queijos e licores — mas seu delírio, tão particular, tinha outras raízes. Para ele (tão cedo apelidado de "o Velho"), aquela diversidade juvenil soava como uma espécie de moléstia, que ameaçava contagiar sua integridade.

Contra aquele vírus da disputa, "filha da diferenciação e do egoísmo" (sentenciava o terrível Prefácio), urgia uma "vacina ancilar em dose radical e traumática" — e as palavras que se seguem a essa estranha receita não deixam mais dúvidas quanto ao mal que àquela altura o habitava: "Só mesmo um *choque de igualdade* haveria de vencer o vírus da competição que germina nos saraus de todos os Villaça do mundo!".

E ali mesmo, à luz perfumada das velas, em pleno sarau rotineiro da família Villaça, meu avô começou a desenvolver sua obra mais influente. Em contraste com a agitação circunstante, o Velho prematuro se pôs a urdir com doses planejadas de rancor e paciência, como as cascavéis, chocando suas crias no silêncio dos ninhos.

4.

Um choque de igualdade — e me permita, leitor, a repetição e algumas exclamações de espanto: um choque de igualdade!!!

Além da idéia grotesca, agredia-me na expressão o tom extemporâneo — pior: abertamente anacrônico, numa época ainda movida a lampiões de azeite, máquinas a vapor e burros de carga. Pareceu-me, também, absurda e inexplicável, pelo que eu sabia sobre o Velho — mas não, é claro, à luz do que eu soube depois, e sei ainda, porque a memória é um castigo eterno e implacável, e dura mais do que a erudição e a linguagem. São coisas que saberei para sempre, e espero dispor de ocasião e ânimo para contar. Mas, por ora, vou lançar mão do recurso estilístico, não de todo honesto, de esconder certos fatos até a última página.

Modere então a ansiedade, leitor, e se limite a saber que a idéia não demorou muito a ganhar corpo e fôlego na alma fragilizada de meu avô. Pois, em vez de cumprir o destino das descargas elétricas, que percorrem a carne assustada e se perdem para sempre na terra, aquele "choque" foi se alojar diretamente em seu cérebro — e nele só perdia em intensidade e obsessão para uma interrogação correlata: *como* aplicar o "choque" inadiável?

Se é verdadeira ou não a tese de que o Diabo tem pressa em agir devido à precariedade do Mal, talvez meu avô nem tenha pensado em verificar. Mas o fato é que, antes mesmo que se ouvisse soar ao piano a polca de encerramento da noite, a maldade que ajudaria a espalhar já lhe vicejava o pensamento:

"Um jogo! É isso!", segundo o Prefácio, ele teria concluído. "Uma brincadeira de salão!"

5.

Das cerca de cem folhas em letra miúda e com excesso de aspas que se seguem ao Prefácio e descrevem o Jogo, quase nada direi — por mais que agora haja espaço de sobra, neste maldito caderno novo, que me foi imposto. Do Jogo, não me atrevo a dizer muito mais do que já expus no final do outro caderno, mas tão-somente dar notícia de seu mecanismo, em três ou quatro parágrafos — não sem antes, é claro, advertir que não encontrei, em todo o calhamaço, nenhum sinal da pureza sincera que comanda as brincadeiras de salão. Ao contrário: sob a aparência lúdica pouco sustentável, a alma atenta percebe logo a malícia, a inveja e o ressentimento que costumam presidir, sem variar, as grandes catástrofes. Aquela (que estou dizendo?: *esta*) era (*é*, ainda) uma delas.

Eis então um breve relato da tragédia — não como o faria um herói salvador, mas à maneira de um esforçado sobrevivente.

Todo jogo, a seu modo frívolo, prepara o homem para o equilíbrio entre a conciliação e o antagonismo, a disputa e a tolerância — por mais que todos aparentem ser apenas uma forma tola de gastar o tempo. *Braz, Quincas & Cia.* era, no entanto, monstruosamente diferente: negar ao homem a experiência irredutível da diferença (e o que são as disputas, se não oportunidades de comparação e confronto?) é lhe roubar o direito a um rosto próprio, a uma voz inconfundivelmente sua.

Se acaso duvida, leitor, confira então você mesmo:

Braz, Quincas & Cia. pode ser jogado por qualquer número de jogadores, acima de três (a cifra me pareceu arbitrária...), cada um deles representando uma Equipe Individualista. O objetivo será sempre o mesmo: fazer com que todos os jogadores se igualem e se integrem ao Coletivo Final. Mas, até este "revigorante desenlace feliz", será preciso passar por três etapas — e aqui mais uma vez o algarismo recorrente se encarrega de impor certa mística de seriedade.

Na etapa inicial, ou *Estática*, os jogadores se estudam uns aos outros, em silêncio, buscando descobrir os "pontos igualitários e coletivizantes" para o "imediato contato"; a fase seguinte, *Expansiva*, obriga os participantes ao "ataque benéfico", anódina expressão que significa apenas um punhado de gestos humildes e gentis de "imitação e submissão", para que as "distinções somáticas e psíquicas se vão tornando progressivamente indistintas"; finalmente na fase três, ou *Contrativa*, ocorre a "absorção planejada" de todas as equipes "estático-individuais" numa Companhia única — o "coletivo do Um", a "Cia." do título.

Mas por que tamanho espanto? Que novidade terrível há de haver em tudo isso? Afinal, a história da Humanidade tem sido marcada pela luta permanente contra a existência individual. Desde os gregos, somos definidos como um animal político. E desde, pelo menos, o ressentido Rousseau e o malicioso Durkheim, tenta-se reduzir o homem a um fruto amargo da realidade circundante, matriz de nossos méritos, raiz de nossos pecados. Quando elegeu a própria História como Sujeito do mundo e condenou os sujeitos de carne e osso a serem meras abstrações, Hegel apenas somou mais um tijolo a essa edificação já em curso — e um outro alemão, com a barba cheirando a charuto e ressentimento, pôs a viga-mestra.

Sei disso muitas vezes, leitor. E admito que, ao ler e reler essas tolices, veio-me inevitavelmente à lembrança o livro de J. Deus & Silva — e a decepção foi tão forte quanto imediata: imaginar um antepassado próximo em tão degradante galeria. Não é o tamanho, mas a proximidade, o que torna mais assustadores os monstros.

6.

(Sobre o nome do Jogo: consta que o Velho pensou, a princípio, em simplesmente chamá-lo Jogo do Número, ou Jogo do Todos-em-Um — mas, por requintes de ironia, teria preferido batizá-lo com nomes tirados dos livros de tio Maria. Com isso, vingava-se da grandeza do irmão, e ainda abria para o mundo a esperança de que sucessos humilhantes como aquele nunca mais se repetissem. E havia um benefício adicional: disfarçado em texto literário, quem sabe o brinquedo viesse a circular para além da roda dos frívolos, como matéria de leitura e reflexão. Sem dúvida, era um daqueles males que vêm para bem — de quem o pratica...)

7.

Ao ser lançado na Europa, em 17**, consta que o lacrimoso *Werther* provocou uma escandalosa onda de suicídios entre seus leitores, quase todos jovens, exagerados e românticos. Não sei que desastre proporcional teria causado, em seu tempo, a publicação desse manual de iniciação ao *Braz, Quincas & Cia.*, o Jogo da Igualdade Programada. Sei dos estragos provocados em cada um de nós — e, acima de tudo, em mim.

A memória é uma forma duradoura de castigo. Não fosse assim, juro que apagaria de bom grado essa passagem. Mas sei que posso, no máximo, virar a página do caderno — ganhando tempo (e fôlego) para prosseguir.

8.

Mas... para que prosseguir?

Talvez, apenas, para imaginarmos o tortuoso caminho que *Braz, Quincas & Cia.* teria empreendido das trevas à luz do dia — ou, para aceitar a tese anatomista da sociedade como um organismo vivo: poderíamos tentar comparar o trajeto do Jogo maldito ao de um vírus inédito e devastador. Poderíamos imaginá-lo, por exemplo, entrando pelos olhos e ouvidos dos animados convivas do sarau dos Villaça — ou, para pouparmos tempo e especulações, penetrando com força pelas narinas junto com o ar contaminado e, através dos pulmões, atingindo sem demora a corrente sangüínea.

Descontado o exagero da imagem, parecia não ser outro o desejo do Velho: fazer do coletivismo uma espécie de mal sem cura. Ou seria mais apropriado dizer: fazer dele a cura coletiva para seu mal? Também poderia ser válido imaginar meu avô apenas como alguém que estivesse cansado de toda aquela algazarra individualista, e sonhasse em desfrutar, afinal, do silêncio das massas.

A rigor, nada disso há de importar agora que é tarde demais para fazer diferença. Não porque o maldito jogo indiferenciador já tenha afinal vencido (como, de alguma forma, venceu...), mas porque quando retornei a este quarto, com o novo caderno que me foi imposto, tudo já havia mudado. Eu — que parecia haver escapado da Morte — tinha deparado com uma aparição igualmente irremediável e, àquela altura, tão familiar quanto Ela. A única diferença visível é que a Morte (salvo engano) não usa sobretudo, enquanto a aparição trazia o seu sempre impecável, exatamente como da primeira vez em que invadiu meu recanto de sossego e livros, dizendo se chamar Faustino Xavier!

9.

Dizem (está nos livros santos) que aparições e milagres são rompantes de fé que surgem em socorro dos desesperados. Sem querer pôr em dúvida testemunhos tão devotos, devo dizer que a imagem daquele velho arrogante, ali, à minha frente, serviu apenas para temperar, com uma dose a mais de espanto, meu já enorme desespero.

Ali estava ele, enfim — ele, que havia desencadeado tudo aquilo. Se eu tivesse morrido, aquela visão me daria uma certeza: eu estava, definitivamente, no Inferno. Mas meu fracasso nesse ponto só ajudava a tornar as respostas um pouco mais difíceis. Que estaria fazendo, afinal, aquele assombroso e falso dr. Faustino Xavier, em frente ao meu hotel?!

Sem dúvida, lá estava ele — e, assim que me viu, antecipou-se à minha pergunta, como parecia ser seu hábito, respondendo com a firmeza de antes, e no mesmo extravagante plural majestático:

"Estávamos à sua espera!"

Então, com uma determinação intolerável, semelhante à da outra vez, pediu-me que o acompanhasse:

"Temos muito a lhe contar..."

... E o que ele me contou seria matéria para um outro livro — mas como só disponho deste (se *este* for, de fato, um livro), convido-o a, pelo menos, virar comigo a página. Passemos a um novo capítulo.

10.

Caminhamos duas quadras até a Leiteria S***, que sempre supus tradicional, mas dessa vez percebi (sinal triste dos tempos) que sua elegância de estampa era obra de algum decorador presunçoso, e não fruto dos anos. O trajeto foi curto, mas suficiente para que eu percebesse a ironia: estávamos no que havia restado da gloriosa rua do O***. Ali, onde tio Maria havia reinado em sua época, entre os aplausos das Livrarias da moda e a inveja dos companheiros de Cafés, quem diria que um escritor menor, seu sobrinho-neto (desgraçadamente: eu), estava prestes a conhecer toda a extensão da palavra derrota?... E, de fato, conheci:

"Devemos uma explicação ao senhor", começou o abominável homem, plural como sempre. "Pelo menos, nossa vaidade prefere acreditar que sim. Por favor, deixe-nos falar, sem interromper!"

Deixei então que falasse — e as palavras que disse (e que transcrevo a seguir) hão de permanecer em mim por toda a eternidade da memória. Uma história que nem a imaginação literária mais perversa seria capaz de urdir:

"Na verdade, esta é uma história bem antiga. Nem saberíamos dizer quando ela começou. Mas, no que se refere ao senhor, digamos que ela remonta a seu avô, que todos chamavam de O Velho — mas que, um dia, foi jovem o suficiente para sonhar. Todos os jovens sonham, é verdade, e às vezes costumam prolongar os sonhos muito além da juventude... Mas os de seu avô puderam durar mais, porque havia um escritor profissional na família: um cronista profissional que era ao mesmo tempo um dedicado memorialista. O senhor sabe de quem estamos falando: seu tio-avô. Ele registrou as diatribes do irmão em crônicas paternais, publicadas no *Jornal do C****, pouco antes de morrer.

"Graças ao empenho desse escritor, os *nossos* descobriram as teses excêntricas de seu avô, o Velho. Sua abordagem genial sobre os perigos e males do individualismo se encaixou como uma luva confortável nos projetos difusos que espíritos inquietos como nós andavam ruminando, sem nenhum futuro. Suas idéias lúdicas e diabólicas para um folguedo de salão que eliminasse as disputas, em lugar de acirrá-las — Deus do céu, aquilo nos pareceu obra de um gênio!

"*Nosso* pai era mais do que um visionário: era um pesquisador perspicaz e metódico. Ao descobrir casualmente esses textos, atentou mais para seu conteúdo do que para a autoria famosa. Desde então, as idéias do Velho se tornaram mais importantes para nós do que toda a literatura de vários M*** de A***! Desde então, adotamos seu avô como uma referência exemplar para o coletivismo universal de nossos sonhos. Foi assim que chegamos ao senhor, único herdeiro do Velho."

"Claro! Com aquele absurdo *Tratado* de J. Deus & Silva...", ainda tentei ironizar. "Pois saiba que o livro é absolutamente falso!"

O também falso advogado sorriu, pela segunda vez:

"Claro que sim: fomos nós que o escrevemos e imprimimos — como uma espécie luxuosa de isca. Precisávamos de um argumento forte para atraí-lo até nós, e então recorremos à mais incontrolável das tentações: as idéias exóticas. Quem não se sente atraído por elas, ainda que seja apenas com o propósito de destruí-las? Criamos o livro, minuciosamente — sem nos esquecermos de enxertar um punhado de anacronismos e elementos contraditórios, que semeassem a confusão.

"Apelamos também para uma outra tentação humana: a curiosidade — que, no seu caso, não chega a ser das maiores, mas nos foi suficiente. O mais foram peças inseridas nessa engrenagem já montada: um cartão de visitas apócrifo, um endereço forjado, um desaparecimento sem rastro e alguns personagens — enfim, todo o resto o senhor conhece. Ou quase todo. Nosso nome, por exemplo, não é Faustino Xavier, nem somos advogado. Digamos que somos, nós e os *nossos*, recondicionadores públicos da vida. O futuro nos pertence."

11.

O que assusta, nas idéias e invenções dos grandes homens, é o uso que os meros mortais possam fazer delas. Consta que Einstein sofreu muito ao ver sua descoberta científica diluída em "relativismos culturais" — e o que dizer do refinado Santos Dumont, enforcando-se num balneário paulista, desgostoso com o uso bélico do avião? Talvez também houvesse vestígios de arrependimento no suicídio de meu avô, o Velho, por menos que ele desconfiasse que um dia, por culpa sua, um descendente seu viria a se sentar diante de um homem tão diabólico quanto aquele — que, entre goles de café, saboreava cada minuto de meu silêncio espantado, e prosseguia:

"Conscientemente ou não, seu avô nos inspirou o princípio organizador da civilização futura: o coletivismo pacificador — o fim das disputas e dessemelhanças. Sobre ele, pretendemos edificar a espiritualidade global, pura negação da graça e do sobrenatural cristão, retorno absoluto ao paganismo comum. Pois, uma vez mudado o paradigma do egoísmo cristão, o indivíduo necessariamente desaparecerá, devorado pela coletividade. Nesse futuro que o Velho inspirou, e que ansiamos para breve, as pessoas serão elevadas à categoria de autômatos infalíveis, identificados não mais pela miséria dos nomes, mas pela força dos números.

"A psicologia do novo coletivo é extraordinariamente uniforme. E não apenas nas idéias teóricas e gerais — mas também na banalidade do dia-a-dia. De tudo isso, há de nascer um notável e esplêndido anonimato. Isso significa que, para a sociedade futura, já não vão existir milhões de cabeças, mas uma cabeça única e totalizada. O que importa, afinal, é o edifício — e não cada tijolo em separado. Será o fim do ciclo histórico do indivíduo, acredite.

"Sabemos o que está pensando. O manuscrito de seu avô — como foi que o encontramos? Esqueça! O texto que o induzimos a roubar também é falso — tanto quanto o são Virgília, sua tia-madrinha, o velho Xaxa, a assinatura de seu avô, o asilo na G*** e todo o resto. Sabíamos de seu fraco por mistérios insolúveis e mulheres bonitas. Na verdade, o manuscrito verdadeiro nunca foi encontrado. Durante algumas décadas, os *nossos* procuraram o Jogo de seu avô, como uma forma de transformar o mundo em algo mais simples e mais unido, mas nem desconfiávamos que essa busca já fazia parte da trama de mudanças que pretendíamos desencadear — e, de fato, ela acabou se tornando nosso verdadeiro jogo, com novas regras, mas bastante fiel ao espírito do antigo. Mesmo sem encontrar, encontramos afinal: o Jogo do Um, o Coletivo Universal com que sempre sonhamos."

Fizemos uma pausa — ou melhor, *ele fez*, antes de prosseguir:

"Sabemos o que está pensando. Por que o senhor não morreu com o *amido*? Francamente! Convencê-lo foi bem mais simples do que imaginávamos... A 'dose letal' era exatamente isto:

puro amido, com uma dose equilibrada de sonífero — nada mais. Esqueça a fantasia induzida pela conversa com d. Conceição, e o diálogo na fila da P*** F***. Compreenda, definitivamente: nosso empreendimento é uma obra maior e quase invisível, que abarca ou há de abarcar o mundo inteiro. Não somos um punhado de lunáticos, agindo como agentes secretos de um seriado de terceira categoria. Estamos na vida real — não num folhetim de aventuras.

"Os detalhes folhetinescos serviram apenas para, digamos... *esquentar* a experiência radical a que o submetemos. Entenda bem: precisávamos testar nossas possibilidades táticas, dentro da estratégia maior — o controle total e imperceptível de todos, transformados em Um. Mas precisávamos começar pelo Um — no caso, o senhor. Felizmente, pudemos contar com a ajuda voluntária ou inconsciente de todos à sua volta, induzindo-o a pensar que resistia a nós — mas cada passo seu já incluía uma decisão nossa. Nesse sentido, sua última esposa contribuiu bastante, com o tráfego de informações. Tornou-se afinal um dos *nossos*."

Maldita Maria Inês...

"Nossa proposta era ir até o fim: sua decisão espontânea de morrer, quer dizer, o suicídio. Conseguimos — e para isso, acredite, tivemos sua própria ajuda. Se o senhor tivesse lido nosso falso *Tratado* até o final, iria reparar que ele inclui um instrutivo apêndice em que toda essa história já estava prudentemente prevista."

O velho e polido demônio puxou então do bolso do sobretudo, num gesto semelhante ao da primeira vez, um outro exemplar do livro de J. Deus & Silva. De fato: tudo o que havia me ocorrido já estava ali, em resumo, num absurdo *Apêndice B*. Variavam apenas alguns detalhes, duas ou três datas e um ou outro nome próprio. Sem esperar por minhas perguntas, ele prosseguia com as respostas:

"Por que escolhemos o senhor? Para render homenagem ao Velho, é claro — mas também porque manipular um indivíduo é sempre um desafio mais instigante do que controlar multidões. A publicidade e a política que o digam... Se o escolhemos, enfim, foi porque o senhor pertence a uma espécie quase em extinção: a dos homens lúcidos, sagazes e solitários — um dos últimos indivíduos disponíveis. E, se obtivemos sucesso com alguém assim, já imaginou o que poderemos fazer com as maiorias?"

Lamento decepcioná-lo, leitor, se disser que meu sentimento, então, não foi de horror — mas de antecipada derrota. O máximo que fiz foi mencionar o episódio do vinho, na noite de autógrafos de S***, o atrito com aqueles jovens na Confeitaria, o quase-atropelamento da bela senhora — mas ele garantiu:

"Não foram obras dos *nossos*. Mas são sinais animadores de que o terreno é extenso, e fértil. Como pode ver, combateremos à sombra."

Àquela altura, eu não conseguia sequer erguer a xícara da mesa, mas ainda tentei balbuciar uma pergunta — que o monstro, mais uma vez, tratou de antecipar e responder:

"Já sabemos. Falta ainda saber se pretendemos matá-lo, agora. Fizemos isso com o 'velho Xaxa', quando foi preciso. Mas para que o mataríamos, se o senhor *já está morto*? Também providenciamos isso, esqueceu?..."

12.

Uma idéia sinistra me ocorre: e se você não existir, leitor fiel, ou for apenas uma hipótese remota e futura? Digamos: alguém que, daqui a uns cem anos, descubra este livro entre os escombros de algum alfarrabista falido, em desesperada liquidação. A essa altura, os livros talvez já tenham se tornado objetos pouco lícitos, quase clandestinos, e o hábito de se dedicar a eles corresponda ao que hoje chamamos de vício condenável ou crime. Será, talvez, tarde demais para qualquer confissão ou advertência, porque o mundo terá se transformado em *Braz, Quincas & Cia.*

Como o tempo não é moeda vulgar, que se desperdice, sejamos práticos: desde já, dedico a você estes cadernos, leitor possível — a quem, agora ou depois, caberá me acompanhar nesse esforço de perguntar: por quê? Quem sabe eles possam vir ainda a ser úteis — ou venham, ao menos, a se tornar um livro, que a maioria lerá como obra de pura ficção literária.

Para algo, felizmente, servem os livros: para trazer luz às

trevas — mesmo que seja apenas como matéria-prima para eventuais fogueiras. De todo modo, não nos antecipemos: antes de queimar este livro (caso venha a ser um livro), tenho ainda que concluí-lo.

13.

"Pelo menos, de alguma maneira, tudo acabou", consegui finalmente dizer àquele monstro de fala plural e majestática, que concluía seu café à minha frente. Tinha a expressão orgulhosa e sem culpas de quem sabe que o futuro desde já lhe pertence. Sorvida a última xícara, enxugou os lábios no guardanapo (de papel: triste sinal dos tempos) e me corrigiu:

"Engana-se, meu caro. *Tudo* está apenas começando, e nossas esperanças são muitas. Temos muito interesse, por exemplo, no livro que o senhor certamente há de escrever com tudo isso — se é que já não começou... Que não seja por falta de papel..."

Mostrou então com a mão direita um grosso caderno de capa marrom, que empurrou por sobre a toalha, na minha direção, num gesto cheio de certezas — como se já soubesse, desde sempre, que nele eu iria escrever a parte mais sinistra de toda esta história.

Não sei por quanto tempo mantive os olhos presos naquele objeto medonho — *este* caderno... Quando dei por mim, ele já tinha ido embora, sem se despedir e sem pagar a despesa, deixando-me definitivamente sozinho na Leiteria, na rua do O***, no quarto de hotel: no mundo.

Último

As páginas do novo caderno se estendem abertas à minha frente, claras e magníficas, como um deserto sem fim. Mas já não pretendo atravessá-lo.

Sem boca para rir, nem olhos para chorar (prerrogativas de um morto, como eu), sinto minhas mãos pesarem sobre a mesa — e não reconheço, nelas, as garras de um homem lúcido e sagaz, um dos "últimos indivíduos disponíveis". Não: pareço, no máximo, um ator (a "marionete sem cordões" do velho Cosme) interpretando ainda o exótico papel de alguém que termina de escrever este livro. Uma história feita de idéias e palavras alheias, e em que já quase ninguém acreditará, ocupados que estão em jogar, sem perceber, o *Braz, Quincas & Cia.*

Sou este ator, que remédio?, sem chances de aplausos ou de vaias — apegado apenas à improvável esperança de que algo ainda possa mudar, antes do

fim...

ESTA OBRA FOI COMPOSTA EM ELECTRA PELO ESTÚDIO O.L.M., TEVE SEUS FILMES GERADOS PELO BUREAU 34 E FOI IMPRESSA PELA GRÁFICA BARTIRA EM OFSETE SOBRE PAPEL PÓLEN SOFT DA COMPANHIA SUZANO PARA A EDITORA SCHWARCZ EM SETEMBRO DE 2002